은퇴한 시골 노인 *농다리 시인*
오석원의 걸으면서 생각하기

자연(自然)과 함께
엮어가는 삶

오석원 지음

작가에 대하여

　　시인 오석원은 1947년. 전남 강진에서 태어나. 전남 장흥중과 광주일고를 나온 뒤 전남대에서 수학 하였고, 국세청 공무원으로 30년 넘게 봉직(奉職)하고 명예퇴직하여 20년이 넘는 세월을 **생거진천(生居鎭川)** 농다리 길에서 귀농 시인으로 살고 있다.

매일 두세 시간씩 맑고 깨끗한 공기를 마시며 걷기를 한 뒤 그날의 감상을 적고 있는데 한 마디 한 마디가 그대로 시이며 수필이다.

보고 느낀 그대로, 삶에서 길어 올린 따뜻한 사랑 이야기가 독자의 마음을 깨끗하게 씻어 준다.

강요하지 않는 삶의 지혜와 연륜이 묻어나는 시인 (詩人)의 목소리가 코로나 19로 힘든 오늘을 사는 우리에게 조용한 위로를 준다. -------오태영(작가)

은퇴한 시골 노인 *농다리 시인*
오석원의 걸으면서 생각하기

자연(自然)과 함께
엮어가는 삶

오석원 지음

진달래 출판사

자연(自然)과 함께 엮어가는 삶

인 쇄 : 2021년 11월 12일 초판 1쇄
발 행 : 2021년 11월 19일 초판 1쇄
지은이 : 오석원
표지디자인 : 노혜지
펴낸이 : 오태영
출판사 : 진달래
신고 번호 : 제25100-2020-000085호
신고 일자 : 2020.10.29
주 소 : 서울시 구로구 부일로 985, 101호
전 화 : 02-2688-1561
팩 스 : 0504-200-1561
이메일 : 5morning@naver.com
인쇄소 : TECH D & P(마포구)

값 : 14,000원
ISBN : 979-11-91643-29-9(03810)

목 차

들어가는 말

여행, 그 장소가 해외이건 국내이건 떠나서 즐기는
그 자체가 즐거움의 연속이다.

동유럽 남유럽 아프리카의 나라들을 돌아보고
러시아 일본을 크루즈 여행을 겸하며 들려보니
세계 어디를 가봐도 내가 사는 우리나라만큼
도로 사정이 넓고 쾌적하고
화장실 문화가 깨끗한 곳,
계절을 구분하여 풍경이 아름다운 그런 모습은
찾아 살피기가 어렵다.

나라의 삶이 우리보다 밀리는듯싶은 베트남 인도네
시아도 살펴보는 기회가 있었으나,
배우고 받아들일 수 있는 그래서 삶에 도움 되는 그
런 모습은 눈에 들어오지 않는다.

사는 길 세상을 맞는 마음이 자연에서 얻을 수 있는
풍부함 때문인지 게을러 보이고 여유 있어 보일 뿐
이었다.

일본과 중국 상권이 아시아를 휩쓰는 모습이 유달리 눈에 띄고, 그 속에 열심히 파고드는 코리아 기업들이 장래를 뒤바꾸겠구나. 느낌을 주는 모습이었다.

해외여행은 동유럽을 비롯해 많은 나라를 다녔지만, 2019년 한 해 동안 다녀온 나라만 쓴 것이고 그 이후는 코로나 19로 인해 다닐 수가 없었다.

일상을 기록하고 나를 뒤돌아보며 세상 살며 움직이는 여러 모습을 대중 매체를 바라보며 생각하는 내 모습을 적어보니 변천해가는 사회를 살아가며 움직이는 현재 모습을 나름대로 느끼며 산다.

내 몸은 항상 고달파야만 내가 유지되고 생각이 쌓여간다.

농다리 시인 위담 오석원은 그날그날을 수록하며 운동하다 보니 사진 시집에 수필집까지….

아주 부끄럽습니다.

위담 오석원

Part 1

걸으면서 생각하기

친구 이야기

오늘의 나

멀리 진천에서 돌고 돌아 3등 열차에 온몸기대고 서울을 다녀온다.

속초에서 청주에서 수도권에서 서울에서 낯익은 얼굴들이 서초동에서 모인다.

남녀공학으로 남들이 부러워하는 좋은 학교를 나왔는데, 내숭을 떠는지 16명 중 남자의 반대 성은 겨우 4명이 다였다.

5년 후의 우리 모습이 어떤 모습일지를 상상하자며, 친구들 간에 떠드는 것도 손으로 헨다고….

아호로 단장한 우리 너나없이 부담 없고 의미 없는 말 같아도 세상살이가 그런 거 아니냐고 먹고 마시며 찻집까지 들렀다 온다.

시간은 빠르고 인생은 짧다.

자주 보며 안부 묻고 부지런히 운동하며 가는 길에 대비하는 멋진 노인으로 살아보세….

오늘 너무 즐거웠고 의미깊은 하루였네.

새뜸 향기나 희연 수경 한들 호림 죽림 안진 남경 천관 동의 청해 한솔 송학 태산

그리고 나 위담은 모두 즐거웠었지?

친구들과 만나는 즐거움

집을 떠나서 이틀, 인천에서 서울에서 바삐 움직이며 친구들과 만나는 즐거움.
나이 들어 세월 보는 눈매가 많이 달라진다.
의욕이며 욕심은 버린 모습이 역력하고 너나없이, 오직 나만을 생각한다.
욕심낸들 내 몫으로 올 리도 없겠지만, 아예 모습에서부터 생각을 버림이 너무나 확연한 우리 또래 삶의 모습이다.

아침에 밖에 나와 산등성이를 바라보니, 자욱한 물안개가 앞을 분간하기 힘든 좋은 날씨로 보인다.
여기저기 꽃 자락은 어설프기 짝이 없고, 설리 설리 달린 감의 모습도 어쩐지….
깊어가는 가을에 신바람 난 단풍객은 여행계획 세우느라 요리조리 맞추지만, 발걸음이 쉽지 않음이 어려운 경제 때문일까? 나이 살핀 건강 때문일까?

어느 것 하나도 소신껏 하기 힘든 또래들의 애잔함이 슬프게 하는 그런 심정.

학우회

학동에서 움직이던 우리 모임이다.
고등학교 시절. 한솥밥을 3년 먹으며 어려움도 즐거움도 끝없이 나누던 더없이 반가운 우리다.

이마도 벗어지고 검은 머리 파 뿌리로 변색도 되어가고 절반은 모자를 둘러쓰고 여러 모습을 감춰댄다. 혈색도 좋고 카랑카랑한 목청으로 힘찬 모습도 보여준다.

일 년에 두 번으로 만남이 줄어들어 아쉽지만, 이젠 아이들로부터 독립된 모습이 아주 가벼워 보인다.

쐐줏잔에 얼굴을 붉히며 주변의 사는 얘기에 시간 지난줄 모르다가, 서울대공원 공원길로 산책가는 옆지기들, 많이 반가워하는 그 모습이 좋아 보인다.

다음에 또 만나요.
아호로 단장한 멋진 우리.
''도산 정암 금헌 평온 양촌 도암 송암 충효 명교 만회'' 위담이 가면서.

오랜만에 모였다

아침부터 일터로 바삐 움직인다.
모임에 참석하려 서둘러 꽃을 딴다.
한 바구니 움켜쥐고 건조기로 달려가고, 씨 맺은 꽃
한 바구니는, 설탕에 버무려 독 안에 간직한다.
콜라젠과 아스트로겐이 몸에 좋다 법석이니 언젠가
는 애쓴 보람을 느낄 때가 오겠지…?
한 달에 한 번 모이지만, 많이 보고 싶고 궁금해진다.
사는 방법이 따로따로이고 살아온 과정 또한 아주
다르지만 이젠 자꾸 보고 싶다.
성당에서 모였다. 아니 자매들 모임에서 부딪혔다.
형제들은 결국 자매들과 함께 뜻을 모을 수밖에….
급하게 가는 세월 대세 받고 오셨고, 끈끈해진 믿음
또한 유다르고 또 다르다.
크게 앓고 대세 받은 후 모임이 결성되어, 그 이름도
거룩하게 금강 변에 오십 층 ''금오회''로 다가선다.
가마솥에 크게 삶은 소 뼈다귀 골라놓고 높아가는
뼈다귀 보며, 한바탕 마셨더니 놓을 수밖에 없다.
운전대는 생명줄이니, 다음 모임 기약하고 이얘기
저얘기 더듬다가 오늘을 마감한다.
이따금 한 잔술은 내 몸속에 활력소다.

멋쟁이 가족들

땀 흘리며 은여울 2봉 정상, 만 보 코스를 오늘도 진행한다.

내가 다니는 길, 동네 부녀회에서 알더니 일삼아 3쌍 부부가, 애견까지 앞세우며 열심히 다닌다.
나보다도 더하다.
외지에서 이사 들어온 멋쟁이 가족들이다.

시골에도 자연을 찾아드는 멋진 사람이 집 찾아, 땅 찾아 이따금 보인다.
요즘처럼 전염성 질병이 요란을 떨면 그래도 시골은 안전하다 느끼면서, 뉴스 쳐다보며 안도한다.

구운 고구마와 귤 몇 개 가방에 넣고 오늘은 가방 메고 산을 즐긴다.
같이 온 사람들과 고구마와 귤을 까면서, 한가한 내 마음을 스스로 가져본다.
집에 가면 2시간에 8km 만 보를 찍을 듯, 계산하며 움직인다.

동네 분들

동네를 한 바퀴 돌고 돌아서 어두운 밤에 들어온다.
가을을 알리는 꽃과 열매가 내 눈을 어디로 마주칠
지 시골의 가을 모습이 내 맘을 설레게 한다.

탱자가 주렁주렁 유자와 탱자를 비교하던 어린 시절
이 기억도 되고 유잔줄 알고, 시디신 탱자알맹이 입
에 넣고 씨 뱉던 그 기억도 살며시 떠오른다.

동네 들려, 감나무를 줄기째 분질러준, 노인회장님께
고맙다고 꿈쩍하며 곶감 만드는 좋은 감을 안방 거
울 위에 주렁주렁 달아맨다.

인심 좋고 격의 없는 동네 분들 맘, 오래오래 살다
보니 내도 이젠 토착민 수준, 내 정성이 베어든 과
정이리라.
은여울 산을 내일로 미루고 미호천 상류 은여울橋에
해넘이 사진빨이 너무도 아름답다.
깜깜한 밤에, 여기저기 밝혀주는 동네어귀 가로등,
등불이 좋은 나라, 밝은 나라로 시골을 돌보는구
나.~~^^

친구를 본다

같은 세상을 살며 머릿속에 그렸던 세상이, 크게 다르지 않았던 동갑내기들이, 시골살이하며 외로움을 자연과 접하는 곳에 시간 내서 달려왔다.

한두 잔 후 내젓던 소주잔이, 한병 두병까지 취하지 않고 먹으며 얘기했다.

어떻게 날 마무리하며 어떻게 날 찾을 것이며 어떻게 주변 살필지를…. 공유하며 공통분모로 같은 생각임을 각자가 느껴본다.
통한다는 것, 같이 나눌 수 있다는 것, 그것이 꼭 돈으로만 이어짐은 아니구나.
포근한 친구, 행복함을 주는 친구, 타향살이로 세상에서 만났지만, 업계의 대가, 서예 분야의 큰 작가, 자연 속에서 세상을 등진 듯 사는 자연인 시골뜨기 나에게 글 한번 써보라 추켜세우니 싫지는 않았다.
나는 나 자신을 너무나 잘 안다.
많이 부족하다.
오늘을 엮어준 하루가 엄청난 보물이었다.
행복하다.

젊은 시절

먹고살고자 발버둥 치던 그 친구들을 오늘 본다.
나름대로 똑똑했었고 세상살이 힘있게 살던 우리였
다. 일 년에 한 번 얼굴 보며 빠진 친구들을 챙겨보
지만, 사연은 모르겠고, 오늘도 몇 명은 안 보인다.

건강하거라.
우리는 갈 날을 기다리는 그 순간임을 느끼거라.
내가 나를 챙겨야 내일이 있음을 알거라.
후배가 대통령이 예고되는 멋진 우리가 아니더냐?
술 한잔도 조심스럽고 내일도 조심스러우면 100세
인간이 의미가 있겠느냐?

회장 이취임도 그렇게 멋진 모습으로 봉사하는 친구
들아….
우리 건강 해보자.

내년에도 오늘처럼 힘있게 보자꾸나.
소주건 막걸리건 가리지 말고 먹어보자.
시골길에 버스 타고 오늘을 정리하며.

또래 노인 둘

토요일(土曜日)이다. 오전만 근무하고, 퇴근했던 시절에 살았던 세대이니 구세대다.

일주일에 2일을 쉬면서도 이유가 많고 근로시간으로 다투는 좋은 세상을 보면서 격세지감을 느낀다.

노사 간에 부딪치고 의견을 내세우며 요구할 수 있음은, 자본을 제공한 사용자 측이 힘과 머리를 제공한 노동자 측을 너무 등한시하고 사 측만 욕심을 부리거나, 노 측의 과욕이 사 측의 자본에 마이너스를 초래하는 힘든 경우가 계속 부딪히는 원인임을 들여다보면서, 세상살이 힘들구나…!! 하고 아주 많이 생각한다.

조금씩 양보하며 돕는 마음이 솟아나야 좋은 세상 될 거 같지만…. 그게 안 되니 문제다.

오전 일찍 은여울산 오르막에서 주변 또래 노인 둘을 만났다. 처음 보면서도 반갑게 얘기 나누며, 산행길의 아름다운 모습을 10여 분 나눈다.

세상은 부딪히며 힘겨루기하며 살아가지만 놓을 때는 놓아야만 가는 길이 편하다는 걸 스스로들 느꼈으면…. 해본다. 내려와서 호박고구마 입속에 넣으면서, 아…. 달고 맛있다.

신탄진 아파트 주민

오랜만에 나들이 세종으로 대전으로 예전에 살던 분들과 만난다.
신탄진 아파트 한곳에 살았었는데 지금은 동서남북으로 흩어진 체, 얼굴 마주치기가 힘들다.
진천으로 옮겨왔고, 세종으로 옮겨가며, 신탄진엔 한 가족만 옛 감정을 유지한 채 살던 곳에서 쌓인 정을 나누고자, 함께하는 날이 오늘이다.
퇴직으로 흩어지면 여간해선 만나지기가 어렵다.
한길로 살아가다 퇴직 후의 사는 길이 다르다 보면 옛 동료는 멀어진다.
학창 생활을 같이한 친구들은 학교라는 구심점으로 한곳에 모여들지만, 여기에서도 세상사는 모습에서 자신 있게 모여들기가 어려움을 보이기도 한다.
계절이 바뀌고 낙엽 지는 모습에서, 쓸쓸해지는 인생길이 엿보이는 모습이다.
날개 떨어진 채 매달린 과일에서 외롭게 지내는 노인들을 같이 그려본다.
멋지고 좋은 글이 인터넷에 흐르지만, 말로는 무슨 말도 가능하지 않는가 싶다.

서달산

서울에 산하면, 북한산 도봉산 인왕산 남산 수락산 청계산 대모산 구룡산 하며, 오르고 느끼고 하면서 서울 생활을 보냈다.

서달산? 어디에 있는 산일꼬?

서울에 있는 산으로 국립현충원을 품고 있고, 한강을 내려다보며 도심에서 한강을 느끼며, 나라를 지배했던 대통령, 전쟁터에 혁혁한 공을 세운 장군 사병 등이, 몸 바치고 누워 있는 산이 서달산이다.

차량이 자연스럽게 출입 가능하며, 우거진 단풍이며 오르락내리락 계단길 비탈길이 건강 지키기에 안성맞춤인 멋진 명소다.

여기저기에 출입문이 위치하며 민간인이 경계를 서는 우리들의 쉼터로 거듭나고 있음에 다시 한번 찾아보고 싶다.

이름하여 국립현충원을 서울에 살면서는 주위만 차로 다니다가, 모임을 주선해준 멋진 친구 덕에, 17,000보에 165분 11km의 힘든 운동코스를 마무리하고 시골 가는 완행열차에 조용히 자리 잡고 오늘을 정리한다. 같이해준 친구들 아주 고맙다.

촌놈을 끼워줘서.

친구들이 모였다

포천에 수중궁 갈빗집이다.
연못에 정자를 세우고 고기가 기어 다니는 연못물
위 정자에는 소고기를 굽는 곳, 우리가 즐기는 멋진
곳이다.
오랜만에 만나는 친구, 아파서 입원했다 온 친구, 멀
리서 달려온 반가운 머스메도 가시네도 즐거움에 극
을 남긴다.
교장 선생님도 대학원장도 있고 지금도 사장하며 돈
버는 친구도, 새로 장가가서 주일을 챙기는 입맛 당
기는 멋진 놈도 친구 중엔 존재한다.
좋은 건 좋은 거고 주둥이 놀리기는 모두 힘깨나 쓴
거 같지만 까놓고 보면 다 똑같은지 나는 안다.
자랑 좀 고만해라잉.
고기 먹고 산정호수 데크길,
가지런히 줄지어놓은 너무나 좋은 그 길을 격의 없
는 친구들과 오늘을 즐긴다.
보고 싶고, 말하고 싶고, 놀고 싶은, 옛날의 우리 친
구. 남자 여자가 따로 있냐? 보면 좋고 그냥 좋은데,
멀리 산 죄로 나는 가야 한다.
다음에 또 보자꾸나.

아는 체하는 두 여인

올해에는 도토리며 밤이 흉년이다.
모과도 거의 열리지 않았다.
거른 모과 찌꺼기에 벌들이 달려든다.
마당에 멍석 깔고 햇빛에 말린다.
끓여서 차로 마시면 그만일성싶다.
은여울산 오르막에서 아는 체하는 두 여인을 만난다.
도토리도 줍고 버섯도 따며 운동 겸해서 산을 오른
다며 외로운 산길에서 많은 얘길 나누었다.

교육청에 3월에 취업한 막일 노동자라며 환갑인데
65살까지 일할 수 있어 즐겁단다.
자칭 젊다며 많은 대화를 스스럼없이 걸어오더니 주
운 도토리를 나에게 옮겨준다.
시골에 옮겨온 지 20년 자리 잡고 살다 보니 늦게
이사 온 귀촌인들이 멋진 인생길을 찾아가며 이쁘게
이쁘게 꽃길도 가꿔내고 여유로움을 찾으려 장구 북
노랫가락도 즐기려 달려든다.
시골에서 원래부터 자리 잡은 노인들은 제쳐두고 뭔
가 깨우쳐진 모임이 결성되고, 이웃 간에 정겨운 모
습이 자주 나타난다.

친구들의 어제 모습

모여서 우리 얘기를 나누던, 친구들의 어제 모습이
머릿속에 아른거린다.
귀하게 나와 귀하게 베풀고 간 친구며, 졸업하고 처
음 만나 앨범을 뒤져가며, 얼굴을 익히려고 안간힘
을 쏟아붓는 멋쟁이 친구도 눈에 선하다.
조용히 세상을 헤쳐가며 모임의 연혁이며 살아오며
변해가는 우리의 현재를 더듬어주는 전임회장의 따
뜻함도 아른거린다.
앞으로의 우리가 어떻게 변해가는지, 스스로가 만들
어가는 나이 지긋한 모습도 상상해본다.
행여 빠질세라 아침 일찍 은여울산 정상에 오느라,
어제 들이킨 술기운이 흘러가느라, 땀깨나 쏟아낸다.
즐거움은 스스로가 찾으면 된다.
맛있는 음식은 찾아서 먹으면 되고 가고 싶은 어느
곳도 어디든, 출발하면 도착한다.
틈나면 농사도 지어보고 엎드려 수확하는 그 재미도
느끼며 사는 여유가 이제는 가능하다.
손자 손녀 돌보미로 일보미로 매달리면 으레 해줄
것으로 알게 된다.
끊어야 내가 있고, 이겨내야 걔들 삶이 정착된다.

5일 전 친구들과 함께 걷던 그 길

멈췄던 벚꽃이 불그스름한 그 꽃이 활짝 날개를 펴 보인다.

하늘이 꽃 사이로 달리 보이고 걷는 사람 모두가 다르게 보인다.

꽃에 갇힌 인간들이 밋밋하게 걷던 꽃피기 전 그 인간들과는 완전히 다르게 느껴진다.

흐르는 물줄기도 입에 넣는 음식까지도 그 느낌이 달라진다.

호떡으로 옛날도 느껴보고 도로 양옆을 덮은 꽃 속에 갇힌 도로에서 차창으로 봄을 크게 느끼며 오늘을 지낸다.

어린 시절 친구들이 모여든 그 속에 나 혼자 끼어들면서도 부담 없이 나를 그 속에 끼워 넣어본다.

한 묶음의 즐거움이 나름 섞여드는 노인네들 우린 거 같다.

고향이 나를 안아주고 말씨가 우리를 섞어주니 즐거움을 나눌 수 있는 멋진 모습으로 하루를 마친다.

밤늦게 그믐달이 아스라이 강줄기를 비추는데 터벅터벅 걷고 있다.

덕분에 오늘도 하루 몫을 챙긴다.

위로하는 친구

9월이 시작되는 첫날 여기저기에서 친척이 다녀가고, 친구까지 방문해서 시골살이 고생 많다고 위로를 흠뻑 주고 떠난다.
끓이고 익히고 여기저기에서 먹거리를 준비해서, 식탁에 앉아 주고받고 술잔도 나누고 단백질도 습득하며 사는 모습을…. 안타까워하며 세상살이 많은 것을 뒤돌아봤다.
수도권을 벗어나 동떨어진 세상 감각을 세워 일으켜 주고, 깻잎, 호박잎, 아사기 고추, 당 고추 등 키우는 이모저모에 손바닥을 얹어가며 나눔이 이뤄진다.
금화규 꽃이며, 씨방 꽃씨도 강제로 인계하며 인심께나 써본다.
내가 매일 가는 은여울, 수목원과 오솔길을 얘기 나누며 즐거운 웃음 속에 하루를 보낸다.
바람 없이 무더운 산길에 자랑거리 등산로를 시원하게 안내할 수 없음에 매미가 울어대며 내 맘을 달래준다.
같이해준…. 고맙습니다.

보고 싶은 친구들

아침 일찍 산으로 오른다.
친구들과 만남이 예약된 즐거운 날이니, 서두르지
않으면 시간을 맞춰내기 어려울 수도 있다.
지게 지고 바지게 지고, 나락 비고, 풀 깎고, 고구마
캐고, 깨 벗고 목욕하며 둠벙에서 개구쟁이 노릇 했
던, 어린 시절을 같이 보낸 그 친구들을 만난다.
같은 학교 한교실 옆 교실에서 공부했던, 가시네 머
스마가 함께 만난다.
어렵고 겸연쩍어했던 여학생들과도 거리감 없이 아
무 얘기도 해대며, 쐐주 한 잔하며 즐거움을 느끼는
날이다.
가슴 뛰던 어린 시절에 우린 이랬었지?
서로 묻고 웃어가며 새끼들 얘기며 세상사는 많은
얘기를 나누지만, 건강은 어떤지?
이럴 땐 어디부터 가야 하는지?
병원 얘기며 자연식을 먹는 얘기로 꽃을 피우리라.
더늙기전에 어디놀러 가자는 둥 시끌시끌한 오늘이
기대된다.
바쁘다 바빠, 보고 싶은 친구들아….♡

귀한 분

쿠션이 좋은 코스, 잣나무 소나무가 숲을 이루는 경사진 코스로 아침을 오른다.

경사진 곳을 오르니 솔잎낙엽 포근함이, 발바닥 감각은 너무 좋으나, 숨이 차오른다.

경사도를 벗어나 평지에 이르니 줄사다리며 그네, 평균대 구실을 하는 여러 운동시설이 즐비하다.

어제는 오랜만에 내가 사는 산속에 귀한 분이 오셨다. 일에 바쁘고 틈내기 힘든 고단한 세상에 좀체 시간을 못 잡는 나와 가장 가까운, 귀한 손님이 재롱둥이 동물 가족과 보고 싶은 손자 손녀와 먹거리를 몽땅 짊어지고 와, 한바탕 맛있고 즐거운 야외파티를 벌였다.

불꽃 잔치를 아쉬워하며, 길게 쉬지는 못했지만 오랜만에 흥겨운 좋은 시간이었다.

세상살이 별거 아닌 것도 같고 많이 힘든 것도 같고, 아침 일찍 친구 부음이 도착한다.

대기업에 오너급으로 지낸 친구가 먼저 간 모양이다. 칠순 초반이 아쉬운 나이로 느껴지지만, 건강을 유지했다면 하고 아쉬운 생각이 든다.

건강은 스스로 느낌을 갖고 지켜갈 때 유지됨을 안다.

귀농 귀촌

멀리서 온 친구들과 함께 웃으며 시골에 자리 잡는 귀농 귀촌은 나이 들어 많은 이들이 희망 사항이라고, 로망이라고 들먹인다.

시골은 텃새가 있고 낯선 곳에서, 현지사람들과 어우러지기는 사실상 많은 애로사항이 겹친다.

현지에 익숙하지 않고 텃밭이라도 일구려면 많은 부분에 도움이 필요한가.

출생지가 시골인 그런 사람들은 곧잘 잘 해내기도 하지만, 어린 시절의 기억으로는 지게 지고 낫질하고 호미로 긁고 삽으로 땅 파는 수준이다.

질소 인산 가리로 금비를 알지만, 어떻게 뿌리는지부터 어려운 게 사실이다.

해가 가고 세월이 가니 남이 짓는 농사도 곁눈질하고, 텃밭에서 유기농을 준비하며 뿌려본 퇴비가 내 몸에 희망을 주는 멋진 먹거리로 변해옴을 음식물 속에서 많이 느낀다.

모든 거는 경험이고 종자가 좋아야 하고 발걸음이 잦아야, 내가 심은 맛깔스러운 채소 과일을 섭취할 수 있다. 부부가 함께 시골 생활하기는, 도회지 편의 시설에 익숙한 여자가 쉽게 승낙하지 않음도 장애다.

오랜만에 만난다

젊은 시절에 함께 움직이며 힘깨나 쓰며 많이 쳐다 보던 그 구성원이었다.

전문직으로 자리를 튼튼히 앉아있고 쳐다보는 자리를 확보한 그때의 그 구성원이 새롭게 느껴진다.

똑똑한 사람은 위치가 바뀌어도 똑똑함이 유지되는 것 같다.

현업을 연결한 멋진 삼총사가 너무나 부럽고 자리 잡은 모습에 내 마음이 많이 아림을 부인할 수가 없다.

늦게 결혼한 막내는 아들 녀석을 잘 키워서 아빠를 능가하는 청년으로 키워낸 걸 느꼈고 앞으로도 언제까지 힘차게 일하게 될지 상상이 멈추지 않는다.

서울 한복판에 힘차게 자리 잡은 한 시절의 우리를 지켜보며 기차를 타고 시골에 가는 내 모습이 그렇구나.

Part 2

걸으면서 생각하기

가족 이야기

기억력이 쇠퇴해가니

많이 깜박거린다. 안경을 벗어두고 찾아 헤매고 핸드폰을 놓아두고 두리번거리기를 한두 번이 아니다. 탤런트 가수 개그맨을 보면서도 그 이름을 기억하기 쉽지 않다.
노쇠해가는 뇌 기능이 어쩔 수 없겠다는 생각은 하지만 그 정도가 심해지니 안타깝다.

오늘도 핸드폰을 집에 둔 채 은여울산을 다녀온다.
어제가 경칩이라더니 날씨가 포근하다.
봄기운이 확실한지 등에 땀 흘림이 느껴진다.
크고 우람하던 참나무가 모조리 잘리더니, 굴착기 장비의 움직임에 통나무가 실려 나간다.

땔감인지 버섯재배 목인지? 아니면 참나무로 혹시…? 집을 짓는 목재로 쓰일는지?
봄과 함께 묘목을 심어두면 홍송의 아름다움이 몇십 년 후에 숲으로 변할지 많이 궁금해진다.

설 명절의 가족 모임 I

비는 내리고 귀성길은 막히고 설 연휴는 끝나고, 집
안 식구들은 모여들어 설 명절의 가족 모임을 하였
다만, 갈수록 힘들어지는 세상살이가 문제다.
옆 나라 대국에선 전염성 난치병이 세계를 놀라게
한다.
사람이 많지 않은 곳, 그곳은 안전하리다.

계절은 바뀌는지 자연은 순을 틔우며 새싹이 돋아나
는, 푸른 꽃순이 세월과 함께 다가온다.
빗소리 들으며 꽃순이 올라서는 시간이다.

비를 피해 게으른 몸을 이끌고 걷고 있다.
잠시라도 나를 지키려는 몸부림 아무도 해주지 않는
다. 움직이는 곳이 어딘들 말리겠느냐?

그냥 걸으며 오늘을 지난다.

설 명절의 가족 모임 II

손자 손녀 모두 모여 나란히 나란히 뭔가를 나눈다.
떨어져 살면서도 모이기만 하면, 정다운 모습으로
저렇게 다정스럽다.

게임인지 노래인지 신세대답게 핸드폰에 모여들면,
다른 세상의 우주인처럼 다정스럽게 귀엽게 나눈다.
언니 동생 오빠 하며 키도 비교하고 학교 얘기도 하
면서 그냥 즐거운 거 같다.

할배 할매는 먹거리 준비해서 턱 앞에 먹게 해주며
마냥 행복해한다.

3남매가 가정을 이루니 알아서 사는 독립가정이 4이
고, 초중에 몰려있으니 머지않아 대학으로 진학하는
그날도 깜짝 사이일 듯 세월이 속도 내며 지난다.

설명절에 모여앉아 쌔주 한 잔 나누며 오늘을 보낸다.

2020 경자년 새해 들어

친족들이 여기저기에서 아우성이다.
건설현장에서 낙상사고로 중환자실로, 된장 라인 공
장에서 이명증세로 어지러움 때문에 광주로 병원행,
심장 라인에 일시적 혈압상승으로 협착 심전도 혈압
측정 24시간 착용으로, 검진을 받는 등 주변이 많이
어수선했다.

명절이 임박하니 조상님도 찾아봐야 할 일을 한 것
같아, 용감하게 고향산소로 내달렸다.
대나무 소탕 작전에 중장비가 동원되더니, 위담 가
족묘원이 툭 터졌다.
시원한 전경이 가슴을 시원하게 한다.

주변을 아울러달라고 부탁 말씀드리며 술 한 잔씩
올리니, 내 맘이 개운함을 느낀다.
최 씨네 제각 곁으로 산소 쪽에 자갈길이 만들어졌
다. 이슬을 밟지 않고도 산소에 들어서니 너무나 고
마운 일이다.

조카 가족들 방문에

아침 일찍 하늘을 쳐다보라.
구름이 가리려고 힘든 모습을 보이는, 그 사이로 힘
차게 밀어 올리는 태양이 보인다.
아침 공기가 가을임을 피부가 느낀다.

상사화 꽃대가 정원을 내려다보며 꽃잎도 없이 솟아
오른다.
작고 이쁜 새가 나뭇사이로 가볍게 움직인다.

내가 먹겠다고 심어둔 블루베리와 아사이 베리를,
이름 모르는 새 걔들이, 신나게 따먹으며 풍족함을
만끽한다.
은행나무 밑 평상에 드러누워 자연을 만끽하는 시골
촌놈, 그 모습을 그려보라.

반바지에 어깨걸이 티, 거의 벌거숭이가 조카 가족
들 방문에 집에서 밀려 나온 아침의 내 모습이다.

요즘에는

완전한 봄 날씨 속에 설명절을 보내고, 손자 손녀 아들딸 가족들을 사이사이로 만나보면서 쑥쑥 커가는 꿈나무 손자 손녀들과 세상 보는 눈동자가 너무 다름을 알게 된다.

살아온 세상이 다르고 앞으로 열어갈 세상, 살아가야 할 세상이 예측불허이니 어떤 충고도 시대 감각에 뒤떨어진다. 조용히 바라볼 수밖에 없는 내 위치임을 깨닫는다.

변하는 세상 움직이는 모든 부분이 새롭게만 느껴지는 구시대의 내가 되었음을 아쉬워 말라.

네 몸이나 단속하고 주변에 힘들게는 하지 마라.

게으름은 곧 건강에 적신호로 변화를 준다는 사실을 크게 느끼거라.

율무가 보채는 통에 산행길을 나섰더니, 조용한 은여울산 오솔길에 이른다.

한 발씩 오르면서 만 보를 헤아리고, 거리를 쌓아가며 7km를 잡아가는 오늘 일정이 진행된다.

바람 소리도 나무 흔들림도 새 소리도 아무것도 느껴지지 않는 너무 조용한 시간이다.

책을 내겠다고 묻는 조카

은여울산 미호천변 농다리 주변을 서성이며 움직이는 내 모습, 그날그날을 일기처럼 써가면서, 일정을 관리하는 습관이 몇 년 전부터 글로 써서 핸드폰에 저장했다.

언젠가는 살아가는 모습이 나의 역사로 남을 듯도 하고, 꺼내서 뒤돌아보면 아…. 그랬었지? 기억해낼 수도 있겠다 했는데 드디어 책을 내겠다고 조카가 물어온다.

당황스럽지만 보관된 내 얘기를 남에게 읽혀주면 은퇴한 후의 노년 생활이 건강관리에 도움이 될 듯도 하여 생각해보자고 운을 띄었다.

간추린 모습으로 정리되면 언젠가는 내가 쓴 글들이 책으로 편집될 거도 같다.

내 책을 낸다는 기쁨 두렵기도 걱정스럽기도 하며, 많은 생각이 머리를 지난다.

수필인지 일기장인지 시라고 해야 할지?

생활 모습을 나타내며 공개하는 마음이 이상야릇 묘하기도 하다.

글 속에 등장하는 율무(律無) 오늘도 방한복으로 두르고 은여울산 오솔길에 좋아라고 뛰고 있다.

자연 속에서의 삶

들과 산과 강을 보며 걷고 오르고 수없이 움직이며
건강을 지켜간다.
기억을 되살리고 살아온 그날그날을 써 내려가며
사회의 이모저모를 살펴본다.
일하다 쉬는 사이 밭둑에서, 산속을 걷다 쉬는 곳
바위에서, 강가를 거닐며 율무 기다리며 잠깐 잠깐
씩, 내 모습을 적어놓는다.
희망 사항도 있고 살짝살짝 비평도 곁들이며 내 마
음을 옮겨간다.
은퇴한 후 생활 터전을 시골로 옮기면서 수없이 시
행착오도 받아보며, 먹거리생산 가축사육 등 自然人
이 산속에서 살 듯이 흉내 내며 살아온 지 20여 년
이 지난다.
가물거리던 건강은 거의 정상으로 돌아서며 100세
시대에 적응하며 살아간다.
모인 기록물을 책으로 엮어내니 내가 글 쓰는 사람
흔히 말하는 작가(作家)로 떠오른다.
수필 시 산문 뭐라고 불릴는지…?
신변잡기(身邊雜記)로 기록한 글이니 많이 어색하다.
쉬운 말 흔히 쓰는 말로 내 역사를 기록했다.

손녀의 입학시험

주진우 기자와 도올 선생이 유튜브로 대담한다.
코로나 시대는 철학자 노자의 무위(無爲) 사상을 거
역한 인간 문화가 초래한 거란다.
자연에 순응하며 모든 것을 놓아버리면 즉 비운다
면, 이런 재앙은 있을 수도 없단다.
욕심부리고 즐기고 누리고 흥청거리다 보니 자연이
노(怒)한 거란다.
여행한답시고 전 세계를 이웃집 다니듯 해댔으니 노
할 만도 하단다.
테스형! 나훈아 신곡이다.
세상이 왜 이래…?
뿜어대는 뉘앙스가 힘든 요즘을 빗대어서 국회에서
도 야당 팻말로도 한몫한다.
고등학교 입학을 64년에 내가 한 거 같다.
56년만인 올해 오늘 손녀가 입학시험을 치른다.
많이 두근거리고 염려스러움은 학부형 모두의 생각
이겠지만, 첫 손자라서…? 더더욱 조마조마하다.
기도하면서 걷고 있다.
비 온 뒤의 맑은 숲속 콧속으로 스며드는 맑은 공기
가 머리를 식혀준다.

크리스마스!!

성탄일이 임박한 오늘 행사가 겹친다.

마을에선 동계로 여기저기 마을 사람이 모여앉아 사는 얘기 꽃피우며 토종닭 삶아서 일 년을 정리했고 새해부터 봉사할 노인회장을 선임하는 큰 행사가 있었다.

오후 늦은 시간대엔 큰아들네 막내아들네가 이것저것 준비해서, 시골마당에 화롯불을 장착하여 조개구이 고구마구이 삼겹살 등 먹거리로 입을 즐겼다.

손자 손녀가 분위기 맞춰 화로 곁에서 라면까지 삶아 느낌을 가져본다는 둥 다 큰 손자 녀석이 여러 모습으로 나를 기쁘게 해준다.

장갑 끼고 불 지펴가며 할아버지 몫을 해냈더니 오랜만에 사람 사는 기분이다.

동짓날!!

새알 삶고 농사지은 팥으로 죽을 쑤어 한 그릇씩 나잇살을 담았더니 어쩔 수 없이 한 살을 쌓을 수밖에 없게 된다.

많이 변해가는 내 몸뚱이 하나하나가 조심스럽다.

현재를 아끼며 차분하게 살아가거라.

내일은 내일에 모래는 모래에…. 생각하자.

세상에 나선 지 73돌

세종임금이 한글을 창제한 지 573돌,
내가 세상에 나선 지 73돌이니, 나 있기 500년 전에
한글이 만들어졌다.
오늘이 한글날이다. 공휴일로 모든 분야가 멈춘다.
산으로 들로 나들이하기 즐거운 가을의 한복판이다.
코스모스 들국화 구절초가, 절정을 이루고, 나뭇잎은
단풍으로 물들기를 진행한다.
감과 은행이 쏟아질 준비에, 잎사귀는, 많이 떨어져
나가 앙상해지기 시작한다
노란 색깔로 둔갑할 은행잎은 가을이 더 깊어지길
기다린다.
제법 차가운 날씨, 금화규는 꽃을 피울 생각이 없는
것 같다.
서리 내리면 꽃이 멈춘다는데, 아마도 멈출 시간이
다 온 것 같다.
아침 공기가 제법 차고 두툼한 긴 소매 옷이 생각나
는 날씨다. 산에 가는데 긴 소매 옷은 그래도 더울
거 같아, 반소매로 은여울산에 오른다.
이따금 눈에 띄는 먹거리를 담아가며 쉴 새 없이 오
르니 벌써 정상이다. 땀이 살짝 몸도 뜨뜻해졌다.

토끼 가족

똑똑한체하지 마라,
토끼가 살아가며 자손 대대 이어가려 틈나는 대로
새끼를 준비하는 멋진 모습에 계산하며 혼자 사는
당신들 인간에 많은 걸 슬퍼한다.
시골살이하며 토끼 가족을 키우던 중 엄마 아빠를
비명에 떠나보낸 토끼 가족을 요즘 살피고 있다.
우유며 푸성귀며 준비할 수 있는 모든 거를 다해가
며 정성스레 보살핀다.
움직임이 어찌 되어가는지, 많은 걸 배워가며 생명
체 주변을 살펴본다.
아, 이렇게 이어지는구나.
많은 생각 속에서 오늘은 보내고 내일을 기다린다.
우유를 먹더니 배춧잎도 무 시래기도 입속으로 넣는
구나.
알아서 먹어댄다.
세상은 이렇게 진행됨을. 나는…. 늦게야 깨우친다.
만물의 깨우침을 토끼 가족 보살피며, 조용히 읽어
간다.
세상은 이렇구나.
엄마 아빠가 없어도 세상은 이어지는구나.

당신의 칠순

29에 26과 한 몸을 선언하고, 45년 세월이 지나서, 이끌고 도와가며 많은 것을 일구고 나니, 어느새 칠순이라.

3년 전엔 내가 칠순 또다시 맞는 당신의 칠순, 고생 고생하며 가정을 일구고 조금씩 모아가며 살아온 삶.

열심히 살았더니 전문직으로 자식 농사도 일구었고, 손자 손녀 바라보며 인생을 보낸다.

시골에서…. 흐뭇하게.

일은 하지만 소일삼아 하는 일, 먹거리를 내 손으로 준비하며 살아간다.

건강을 지키면서 오래오래 살면서, 아무에게도 부담 없이 알아서 산다…. 면, 한다만….

직계가족 조용히 모여 칠순…. 축하 행사한다.

준비해줘 너무 고맙구나.

어려운 세상 내일을 준비하며, 열심히 살기 바란다.

부모에게 효도하는 마음은, 잘 알고 있으니 따로 표현하려 하지 말고, 스스로 알아서 멋지게 살아가면 그것으로 만족한다.

행복은 누려야만 찾는 거다.

''행복하게 살 거라''

잘 가거라

서경이네 가족이 외부세력 공격으로 모두 가셨다.
족제비의 소행으로 보이지만, 직접 볼 수 없었으니
짐작만 할 수밖에.

아침 먹이를 주러 서경이네를 방문했더니, 반갑게
뛰어오던 녀석들이 땅바닥에 여기저기 멈춘 모습으
로 가셨다.
어처구니가 없었다.
공격을 피하느라 여기저기 흩어져서….

내가 모르게 출산도 했었는지 털 묶음 속에 꿈틀거
림도 보이니, 어찌해야 할 것인지?
대책이 안 선다.

아무나 할 수 있는 사육이 아님을 다시 한번…. 느
낀다.
개 사슴 닭 염소 토끼 모두가 떠났다.
경험 없이 시작하곤 후회만 남는다.
잘 가거라.
너희들 세상으로.

족보

성이 다른 2가정이 합해져서 한 성받이로 태어난다.
잘난 여자는 2성을 연결해서 남녀를 같은 반열에 올
려놓기도 한다.
추석 명절에 조상들 뵙는 일정을, 명절 연휴 끝 무
렵으로 옮겨 잡고 처가 산소를 거쳐 장인 장모님께
감사 인사를 먼저 올려드린다.

곧바로 위담, 가족 묘원에 들러 조화로 단장하며 주
변의 여러 사연을 보고드리고, 집안의 애로사항을
마무리해달라 부탁 말씀 전달하면서, 나이든 내 맘
을 달랜다.
오는 길에 생산된 족보를 받아들고 살아온 경로를
이리저리 살펴본다.
인터넷 전성시대에 족보생산에도 거부하는 신세대가
많아 자그마치 3년 이상 소요되니 족보의 문서화도
아마 이번이 마지막일 거 같다

의견이 많은 세상 문화가 발전되니 구식 먹은 종중
문화는 시제 속으로 스며들며 아마도, 생산해내기
힘들 것 같다.

보름달이 휘황찬란

어젯밤 산속에서 바라본 하늘이지만, 날씨는 맑았으나 사진으로 보름달을 맑게 찍는 데는 실패했다.
주변에 충북대 천문대가 위치하는 맑은 지역임에도 흐린 상태로 보름달이 보인다.
어제로 올해 추석은 지났으나, 귀경하느라 고생깨나 하는 차들의 행렬이 도로를 메우고 요란스레 움직인다.
새벽 일찍 금화규 꽃을 따고 건조기에서 마른고추를 수거하며 바쁘게 움직이는 일상이 다시 시작된다.
은여울 산자락을 밟으며 오늘도 하던 운동 오솔길을 걷는다.
멧돼지 발자국이 요란스레 헤집은 곳에서, 도토리가 발견되어 한 움큼 주머니에 담는다.
미호천 상류 쪽으로 수목원을 가로질러 오늘을 마무리한다.
손자 손녀가 엄마 아빠와 할머니 할아버지 찾아온 집, 그 집에 할머니는 뒤치다꺼리에 몸살로 누웠다 한다.
명절마다 겪어대는 시골 노인들도 아우성 그 자체다. 명절은 간편하게….''^^-^^''

명절이 너무 힘들다

아들도 오고 사위도 오고 손자 손녀도 오고.
명절이라고 시골 노인을 만나러 힘들게 모였다.
전 부치고 고기 익히고 송편 빚어서 추석을 즐긴다.
냉장고에 간직해둔 소주병을 내놓는다.
한잔 두잔 들이킨다.
평소에 먹지 않던 술 모여서 얘기하며 입에 넣으니
술술 술이 들어간다.
집에 돌아가는 길은 술 안 먹은 며느리가 차를 책임
진다.
그렇게 막내가 집으로 간다.
집 밖으로 나서니 칠흑같이 어둡다.
핸드폰 등을 밝히고, 아랫집에 도착한다.
편하게 방을잡고 세월을 낚는다.
사위와 손자가 새벽에 서울 가니, 편한 곳에서 자야
한다
새벽 일찍 움직이는 명절 주변 우리 모습, 중부권에
서 사는 나는 그래도 쉬운 모습이다.
고향을 멀리 가진 많은 사람, 얼마나 힘이 들꼬….
명절이 너무 힘들다.
우리 쉽게 살자꾸나….

두 사람

아침을 알려오면 한 분은 밭으로, 또 한 분은 산으로 떠난다.

일하며 즐기는 분, 땀 흘리며 즐기는 분, 이 두 분은 늙어서 같이 사는 그런 분들이다.

하고 싶은 대로 하면서 생각해지는 대로 나날을 그려가며 내일은 내일 생각하고 아침에 움직여보고 일과는, 그다음에 챙긴다.

뭔지는 몰라도,

그렇게 한가한 날이 많이 이어지지는 않는다.

트랭글에 내 몸을 달고 은여울산 오솔길에 힘차게 올라선다.

소나무를 베어낸 곳에 솔잎이 널려있다.

솔향이 진동하고, 그 향이 생긋하다.

너무나 좋다.

밭에서 움직이는 또 한 사람은 꽃 속을 헤매면서 꽃 따느라, 손이 바쁘리라.

밤에만 피는 달맞이꽃 이슬이 걷히면 아물고 마는 우리 집 이쁜 꽃,

내가 심은 그 꽃도 달맞이꽃과 같은 그 모습으로 나타난다.

Part 3

걸으면서 생각하기

계절 이야기

계절은 변해야!

공기는 맑아야 하고, 계절은 변해야 한다.

밋밋하게 계절도 없고, 사시사철 같은 종류의 식물이 우거지고 피는 꽃이 같다면, 느낌 없이 그러려니 하면서 살아가리라.

동남아 여러 나라며 아열대성 기후 속에서 생활하는 그곳을 상상해보자.

여행 삼아 다녀왔으니, 충분히 알 수 있으리라.

아파트 높이 솟고 즐비한 상가 사이로, 매연 뿜으며 달려가는 자동차 홍수 속에서 사람을 비집고 지하철을 타는 곳에서 사는 사람들은, 숨 막히는 생활에서 벗어나 시골 산속에서 지내는 사람처럼 느끼려면, 맑은 공기를 찾아서, 멀리멀리 여행을 가야만 한다.

난 오늘도 은여울 2봉을 넘어, 넘어진 나무에 걸터앉아 여러 가지 생각을…. 혼자서 감당해본다.

힘들게 올라가서 내려오는 산자락 넌 뭣 때문에 오르는 거냐?

땀 흘리려…. 하하

아침엔 싸래기 눈이

높고 푸른 하늘에 하얀 구름이 산자락에 얹혀있다.
찬바람에 일렁이는 미호천 강물 줄기가 햇빛을 받아, 번쩍번쩍 빛을 낸다.

백로와 오리 떼는 어디로 갔는지…?
바위틈에 부딪히는 물 자락만, 내 마음을 더더욱….
고요하게 해댄다.

요일을 모르고 시간에 구애받지 않는 은퇴 후의 나날이 해보는 게 운동뿐이다.

살고자 발버둥 침 없이 조용히 자연 속에서 하루하루를 엮어간다.
아주 차갑다.

아침엔 싸래기 눈이 하얗게 쌓여가더니, 햇볕에 녹아나며 온데간데없다.

은여울 수목원 길을 쉬지 않고 올라서니, 여전히 땀방울은 등 뒤로 젖어온다.

구정 연휴가 다가온다

잿빛 구름이 온통 하늘을 가리고, 눈송이가 날리다 빗방울도 보이고, 예보 상 연휴 내내 빗줄기가 내릴 것 같다.
귀성행렬이며 산소 찾는 고운 자손들만 어려운 명절을 보낼듯하다.
뿌리를 찾고 아들을 좋아하며 대를 잇는 가족문화도, 사라진 지는 이미…. 한창 된 것 같다.

제사상을 해외에서 차린다는 얘기는 멋있는 풍경이고, 요즘은 연휴만 보이면 부모님 계신 고향은 뒷전이고 공항으로 쏠려가는 여행객이 대만원이다.
나만 존재하는 세상 부모나 조상은 그다음 여유를 가질 때 일이다.

입춘을 향하는 날씨라서 아침에 하얀 서리도 눈에 띄지 않는 오늘은 포근하다.
땀 흘리며 은여울 오솔길 걷고 또 걸어 2봉에서 나무턱에 걸터앉아…. 머리를 식혀본다.
해냈구나.
넌 장하다.

겨울 같지 않은 날씨

청잣빛 파란 하늘 앙상한 나뭇가지 사이로, 맑고 깨끗한 오늘을 보인다.
녹색 소나무 사이사이로 햇빛이 쏟아지고,
슬그머니 불어오는 언덕길 잔바람은 땀 흘린 내 몸을 시원하게 감싸준다.
흐르는 미호천 주변 살얼음 고인 물이 겨울을 알리지만, 겨울 같지 않은 날씨가 일주일 남짓 후의 大寒에도, 큰 추위는 없을듯싶다.
노인들만 모여 사는 시골의 여기저기엔 초등학교가 거의 울상이다.
씨가 말라가는 젊은 사람들, 언젠가는 나라가 흔들리는 인구문제가…. 시골 문제만은 아닌 거 같다

병원 가면 진료, 약국가면 조제, 기다리고 또 기다린다.
노인은 늘어만 가니, 세상살이 노인 관련 그런 일만 먹고살 만 한 거 같다.
노인인 내 몸도 건강하게 떠나려고, 은여울산 1봉 2봉을 걸어서 지나오니
2시간여 운동 속에 만 보 걸어 9k다.
오늘도 해냈다.

별이 빛나는 밤

저녁 먹고 나선길 야간 운동길에 하늘은 별 밭이다.
큰 별과 작은 별 사이사이에 엄청난 별을 엮고선,
은하수로 골짜기를 이룬다.

길옆에 나무가 서 있는 곳 지나치다 깜짝 놀란다.
나뭇가지에 자리 잡은 제법 큰 새가 후닥닥….
날아간다.
아지트 쉼터를 내가 덤벼든 격이다.
낮에 할 일이 겹쳐서 밤에 걷다 보니, 너희들 살고
있음을 깜박하고 말았구나….

여기저기 가로등이 어슴푸레 길을 밝혀주니, 걷는
분위기가 너무 좋다.
시원한 콧바람에 맑은 공기가 내 몸을 휘감아 오니
하루의 피로도 마무리될듯하다.

11,840보에 8.6km로 야간에 90분이 나에게 해낸
기쁨을 준다.

처서!!

일 년 중 내가 가장 좋아하는 24절기 중 하나다.
가을에 접어들고 식물이 자람을 멈춰, 주변에 잡초가 크기를 멈춘다니 시골에서 풀과 씨름하는 나로선, 이보다 더 좋은 절기가 있을 수 없다.
처서를 바라본 오늘 새벽 물안개가 자욱한 시간대인 6시 전에 예초기를 잡았다.
집 입구부터 깎기를 거듭하여, 마당 앞, 뒤와 언덕, 꽃밭으로 일컫는 마당 앞 나무 사이까지 모조리 훑었더니, 온몸이 녹초 직전이다.

아침은 쉬는 시간에 미숫가루 떡으로 대신하고, 더워지기 전에 마무리하고 나니, 오전이 거의 소비된 11시가 지난다.
개운한 모습을 바라보며 넌 그래도 시골에서 아직 쓸만한 녀석이구나.
스스로 자위하며, 혼자 씩 웃는다.
웃는 게 아닌 썩소, 바로 그것이리라.
예초기 엔진이 쉽게 걸려서 편하게 마무리한다.
3번을 기름 부으니 끝.

차가운 공기

비 내린 후의 아침 공기가 쌩한다.
기상관측 후 최고로 겨울비가 내렸단다.
공기 중에 미세먼지는 빗속에 스며들었는지, 맑은 오늘이다.
햇빛도 쨍쨍 쏘인다만, 겨울 날씨로 콧속이 시큰하다.

어젯밤에 검찰에 회오리바람이 일었다.
잡아 들이고 소신껏 설쳐대며 압수하고 수색하더니,
사람이 바뀌더니 힘껏…. 제친다.
정답이 어딘지는 아직 모르겠다.
사뭇 무서워진다.
어디로 갈 건지 어떻게…. 할건지?

손이 시리고 귓불이 차갑지만, 은여울산 오솔길에 땀과 함께 혼자서 선다.
비가 내려선 지, 오솔길이 촉촉하고 먼지도 아예 보이지 않는 멋진 날이다.

한겨울에 비가 내린다

계속 내린다.
소한(小寒)이 지나 대한(大寒)을 가고 있는 기간에,
영상 온도를 유지하며 상상하기 힘든 비가, 하늘이
뚫린 듯 마당에 물방울을 튀기며, 물 고임을 만들고
있다.

총리 후보자 젊잖으신 분 정세균, 조용한 가운데 청
문회를 하고 있다.
운동을 나가야 하는 내 시간을 청문회에 귀 기울이
며 듣고 있다.

마디마디 젊잖다.
과연 큰 정치 하실 분이 맞고, 나라를 다스릴 능력
이 충분하신 멋있는 분임을….
또 한 번 생각한다.
비를 피하며 은여울산을 대신할 곳, 그곳을 빙빙 돌
며 오늘 운동을 가름한다.

하얀 서리가 범벅이다

눈뜨면 커튼 걷고 앞마당을 바라본다.
오늘도 정원에 소나무는 하얀 서리가 범벅이다.
눈이 내린 듯 온통 하얗다.
맑고 깨끗한 하늘이며 햇볕이 따스하겠다.
여기저기에서, 아픔이 찾아왔다는 괴로운 소식이 찾아든다.
나이 들고 힘에 부치다 보니, 노동현장에서 산재 사고며 이명으로 인한 괴로움이, 주위의 슬픈 소식으로 내 마음을 슬프게 한다.
아침 일찍 은여울산 오솔길로 나선다.
서울에서 어렵게 방문해온 동생을 보내고, 운동길로 직행한다.
아침 일찍이라서 오솔길이 딱딱하게 굳어있다.
얼어있는 땅을 밟으며 많은 땀을 쏟는다.
사고 없는 세상 병 없는 세상은 희망 사항일 뿐인가…?
찾아가며 스스로가 노력하는 수밖엔 어떤 방법도 없을듯하다.
은여울산 정상에서 맑은 하늘을 만끽한다.
콧속으로 시원함이 불어온다.

땀 흘리고 올라온 길

은여울산 오르막길, 날씨가 포근해서인지 길목이 여기저기 물기다.

봄이 온 것도 아닌데, 얼었던 길이 한겨울에 풀리니 분명히 기상이변이다.

은여울산 정상에서 멀리 보며 숨 쉰다만, 미세먼지 뿌연 맛이 반갑지만은 않는구나.

자연인, 즐기는 방송프로다.

거의 같은 유형의 사람이 산속 물 흐르는 곳 주변에서, 화로에 솥 걸고 요리하며 산을 찾아 더덕 캐고 버섯 따고 약초를 수집하는, 그런 수준이 일반적이다.

세상에 나타나며 해보고 싶은 3가지를 들먹이는 자연인을 본다.

파일럿되어 하늘을 날고 마도로스 되어 바다에서 세상을 보고 싶었으나, 이루지 못했는데, 또 하나 산속에서 자연과 더불어 살고 싶었는데. 지금 꿈을 이뤘단다.

내가 사는 산골이 거의 흡사하여 나 혼자 웃어본다.

난 꿈이 아니었고 몸 관리하러 온 거지만 살다 보니, 차라리 꿈을 꾸고 산속에 살러 올걸….

꿈꾸지 않은 시골 산속 어쩐지 초라하다.

오늘도 덥긴 덥다

바람결이 산들산들, 나뭇잎이 흔들리긴 하는데 여전히 더운 날이다.

하는 거 없이 바쁜체하며 오전을 보내고, 대낮에 은여울산을 오른다.

귀가 아플 정도로 매미가 울어대고 가을을 표시라도 하는지, 잠자리가 떼를 지어 나른다.

고추잠자리라 부르는 그 잠자리가, 빨간 고추를 연상하며 이름 지었으리라…. 혼자 웃으며 걷는다.

등산로를 내려오며 학교근무 젊은 선생님이, 멧돼지 4마리가 움직이니 조심하란다.

외딴길에 혼자 걷는 길 멧돼지가 나타나면 어떻게 대응할까…?

듣고 보니, 모르며 걸었던 시간에는 맘 편히 움직였는데 사뭇 걱정된다.

공격하지 않으면 덤비지는 않는다고 듣긴 했지만….

대면해보진 않았으니 막상 부딪히면 나무로 오를까?

몽둥이로 맞짱 뜰까?

흠뻑 흘린 땀을 닦으며 은여울 오솔길, 내리막길로 진행한다. 내가 돼지니 멧돼지 스스로 알아서 하겠지? 별일 있으려고~~^^

오늘이 정월 대보름이니 I

미호천 강변에 흐르는 물줄기가 아예 초록빛이다.
물결치며 흐르는 모습, 오늘이 정월 대보름이니 불
놀이하면 딱 좋은 강변이다만, 빨간 깃발 산불단속
차량의 호령에 불놀이는 사라진 지 오래다.

은여울산 오솔길에, 신난 녀석 율무와 뚜벅거리며
걷는다.
생각 없이 걷는다.
산소 들이켜며 쭉쭉 뻗은 나무 사이로 만보코스를
다녀온다.
미호천 강변에 내려서니 수없이 많은 오리가 떼 지
어 움직인다.
스케이트 선수가 스타트하는 모습으로 날갯짓하며
물 위를 솟아오르는 오리들, 엄청 즐거운 모습이다.
너희들은 모여서 즐기는데….
우리네 인생살이는 방에만 있으며 봄을 맞아야 할
것인지…?
봄바람 살살 불고 복수초꽃
눈에 보이는 오늘이다.

오늘이 정월 대보름이니Ⅱ

햇머리로 신정을, 한 달 전에 보내고 달머리로 보름
전에, 설명절을 넘기니 오늘이 정월 보름 대보름이다.
밝은 달을 찍어보려 어젯밤에 나선 앞마당 흘러가는
구름 속에 대보름 달 모습은, 화끈하게 오지 않고
희미하기만 하다.
구름이 흘러가는 그곳에 상상속의 둥그런 달이다.
잡곡밥에 김 말고 부럼이라 땅콩 까며 검은콩을 씹어
가며, 대보름에 소원 빌며 건강한 올해를 빌어본다.
눈감고 조용히 빈다.
내 더위 팔아가며 깔깔대는 그 시절에, 니 하네미
딴독하며 되팔던 더윗팔이.
에어컨이 생활화되니 그것마저도 옛 풍습이고, 깡통
속에 불씨 담아 논둑 태우며 달려가며 동네끼리 불
쌈했던 시골스러운 쥐불놀이 그 모습도 아예 없고,
고춧대 마른 거를 쥐불놀이로 위장하여 대보름 전에
태워대는 요즈음 시골 모습이다.
회관에서 나물 잔치 어서 오라 야단이다.
윷놀이로 흥을 찾는다.
아름다운 이웃들과 코로나바이러스 걱정 없는 은여
울 마을에서 대보름에 한잔 쏙.

북풍한설(北風寒雪)

눈 내린 순간에 걷고 싶다.
펑펑 쏟아지는 눈과 눈 사이로 내 발걸음 움직이며
미호천 강변을 걸어온다.
북풍한설(北風寒雪)
바람불어 추운 날에 눈까지 날리는 모습이다.
눈 몰아오는 오늘 내 몸은 걷는다.
까만 옷 위로 하얀 눈을 둘러쓴, 눈사람 모습의 내
가 뚜벅거리며 걸어간다.
그냥 눈사람이 걷는 거다.
보는 이 없는 곳에 눈사람으로 변한 네 모습은 너만
혼자 알겠구나.

눈 내리는 동영상은, 눈 속에서 걷는 너에게만 모습
을 준 것이니라.
손 시리고 콧물 훌쩍이며 찬 바람 속에 뒤돌아보니,
뽀드득뽀드득 눌린 발자국 가지런도 하다.
네 발자국이 틀림없겠다.
율무도 안 왔으니….

산길이 좋다

나무뿌리 바윗돌을 계단 밟듯 힘주며 올라서면, 낙
엽은 쿠션을 제공하고 주변에 자연스럽게 서 있는
소나무 참나무는 깨끗한 공기를 나에게 옮긴다.
띄엄띄엄 정원수로 심어둔 중앙공원의 나무와는 비
교가 되지 않는 분위기다.
잔디로 아름다움을 준비했다지만, 여기저기 제멋 같
은 잡초의 분위기를 품어내는 은여울산 오솔길과는
비교가 될 수 없을듯하다.
호수에 갇힌 채 담긴 호숫물은, 세월을 읽어가며 쉬
지 않고 흘러가는 미호천 강물과는 비교조차도 어려
운 모습이다.
대한(大寒) 추위가 지나선지 영상의 온도를 보인다.
오후엔 비까지 내린다니 위담산방 눈길 오르막은,
빗물이 밀어 내릴 듯도 하다.
첫눈부터 쌓였었는데, 비탈진 곳 미끄러운 눈길이
비 온 뒤부턴 쉽게 오르내릴 것 같다.
은여울산 열봉까지 미끄러운 눈길이 이어졌으나, 스
틱에 의지한 체 기어이 만 보 코스를 돌아온다.
세월 지나 올해 입동에나 눈이 보일 거니, 눈이 부
시더라도 실컷 밟고 눈여겨 담아두려 한다.

산속에 우물펌프

강추위가 몰아닥쳤던 올해엔 수도 계량기 터짐은 당
연했었고,
외딴집에 우물펌프가 파열되고 엑셀 파이프가 터졌
으니 기술자 불러서 한나절을 공사한다.
펌프 상단 주물로 만들어진 쇠뭉치가 얼음팽창에 벌
어진 모습을 보니, 인간의 힘은 자연에 비교되면 엄
청 왜소해 보인다.
수도 펌프 교체작업이 완료되니 큰 걱정은 사라진다.
물과 전기가 없는 곳 외딴 산속에선 하루 버티기도
부담된다.

오후 늦게 은여울산이 아닌 렉스빌 아파트 뒷산 급
경사진 산등성이를 한 바퀴 돌고 있다.
오랜만에 와보니 시작지점 경사도가 대단하다.
율무는 풀어주니 날쌔게 오른다.
가다 서고 뒤돌아보며 생소한 길에서 스스로 조심한
다. 율무의 생각이 나이든 노인들보다는 더 좋아 보
인다. 알아서 움직인다.
우뚝 솟은 소나무의 푸르름 앙상한 참나무 사이의
푸른 하늘, 개운한 맘으로 머리를 식혀준다.

왜 이런 좋은 길을

손잡이 축대를 붙들어가며 구룡산 정상까지 계속 진행한다만 가도 가도 끝이 안 보인다.
오른쪽으론 금강물이 멋들어지게 흐르고 산등성이 걷는 길은 포근한 낙엽이 쿠션을 전해오며 콧속으로 시원한 바람을 가져온다.
시큰하고 시원하게 맑음을 느끼며 숨쉬기를 자주 한다.

왜 이런 좋은 길을 나 혼자만 느끼면서 걷는 걸까…?
험준한 산길 너머에 강물이 보이는 멋진 곳엔 헬기를 동원했는지…?
조상을 멋지게 모시는 후손의 아름다운 흔적이 내 눈을 휘둥그레 놀라게 한다.
저 무거운 걸 만리장성 축성하듯 옮겨왔을까?

고향을 지키던 친구의 부음에 마음 착잡함을 머금으며 오늘을 정리한다.
물이 먹고 싶구나.

재래시장 명절 대목장

집을 나서는데 오늘이 재래시장 명절 대목장이다.
의식에 필요한 물건이 소소한 부분까지 모두 진열되
어 오가는 모든 사람을 호출한다.
추위가 거의 걷혀 손이 시리거나 귓전이 따갑지는
않다.
다만 콧속에 약간 차가움이 들락거릴 정도.
보훈병원 뒷산을 더듬어 금강이 내려 보이는 나만의
휴식처에서 마냥 즐긴다.
둘도 아니고 셋도 아니고 오직 혼자서만
공기와 소나무와 쉼터 테이블과만 이야기를 나눌 뿐
이다.
여기저기서 톡방에 떠도는, 지일 지 알아서 즐기라
는 같은 종류의 말 줄기를 너무 많이 듣고 읽다 보
니 사뭇 싫증이 난다.
그 말이 그 말이고 실컷 쓰고 할 것 다 하고 아쉽지
않게 놀고 여행하고….
다리에 힘 빠질까 봐 오늘도 천천히 산언덕을 지나
가며 사그락사그락 낙엽 밟는 그 소리에 귀 기울이
며 등 뒤로 땀방울을…. 느낀다.

주홍색 꽃을 수거

잠에서 깨어나면 꽃밭으로 나간다.

씨를 맺은 주홍색 꽃을 수거하는 일과가, 매일 반복된다.

내가 저질렀으니 누굴 탓할 수도 없고 효소로 바꾸기 위해 설탕깨나 사들이니….

결과는 3개월 후 꽃청을 보아야 웃을 수 있으리라.

허덕이며 마친 시간이 시작하고 90분 후니 허기가 오고….

땡볕에서 일하지 말라는 기상청 예보가 시골 사는 내 주변을 안내하는듯싶다.

은여울산 숲길을 여러 날 만에 오른다.

남도 여행으로 천관산 지리산 조계산을 끝자락 부분만 계곡을 따라 걸었으니 운동하긴 했었다만, 집 나가서 여행 중에 시나브로 움직인 격이니, 운동이 제대로 되었을 리가 있겠느냐?

더운 시간을 피해서 은여울산 오솔길을 쉬엄쉬엄 오르니 여기가 내가 움직일 자리다.

손등에 땀방울이 보송보송 올라오고 목에서부터 등으로 계곡을 따라 줄줄줄…. 물방울이 흐른다.

땀방울이 흐른다.

봄이다

계절이 봄으로 다가서는 입춘이 오늘이다.
입춘대길 건양다경(立春大吉　建陽多慶)
경자년 가정의 안위, 전해오는 카톡방 진동이 요란
스럽다.
겹치기도 하고 새로운 것도 떠오르며 관심 있는 여
기저기에서 수없이 까톡까톡, 아름다운 오늘의 인사
가 내가 존재함을 느낀다.
붓자루 들고 써 내려간 이쁜 모습에 흘려 써서 요란
스러운 아름다운 서예 모습에, 자막으로 좋은 글을
묻어내기도 하고, 아름다운 음악으로 귀를 즐겁게도
한다.
요즘의 난, 법륜스님 ''즉문즉설'', 유튜브에 귀 기울
이며 세상사는 여러 모습에 빠져들고 있다.
좋은 말씀으로 풀어내며 묻는 사람을 혼내기도 하시
면서, 세상을 풀어가시는 멋진 스님께 빠져드는 내
가, 내 나이를 잊은 체 많이 웃어댄다.
실내공간에서 즐기다 보면, 아차, 나가야지….
은여울산 맑은 공기로 오늘을 채워야지….
2시간 전 만 보 코스 은여울 오솔길은 춥지 않나?
많이 단속하고 다녀왔다.

한가한 세상살이

백로가 날고 물오리가 난다
흐르는 미호천 따라 먹이를 찾는다.
걷는 길가엔 작은 새가 퍼덕인다.
걷는 나 때문에 놀란 모양, 많이 미안하구나!
미호천 강줄기가 넓어진다.
초평호에서 흘러내린 작은 도랑물이 은여울산을 비
켜나오며 넓어지더니 금강처럼 물길이 넓어진다.
아래로 흘러오며 은탄교를 위에 놓더니 한강 물처럼
아주 넓다.
그곳에 먹이 찾는 새가, 여기저기에 앉아도 있고 날
기도 하면서….
여유로운 아니 한가한 세상살이를 하고 있다.
자연 속을 걸으며 미호천 강 자락에서 세상을 느낀다.
눈 내리지 않은 올해엔 하얗게 꽃피운 서릿발을, 눈
보는 맘으로, 물끄러미 쳐다본다.
강 따라서 낚시터 즐비한 곳 비포장도로를 계속 걸
으며 미세먼지인지, 짙은 안개인지…. 헤쳐가며 만
보를 세어간다.
어쨌거나 오늘은 물가에서 보낸다.
햇빛이 안개를 걷어내리라.

2월이 시작되는 첫날

연중 가장 짧은 달인 2월이 시작되는 첫날이다.
은여울 수목원에서 시작한 오늘의 산행은 다소 멀리
잡고 움직였다.
은여울산 오르막길을 3가족이 어울려 1봉 2봉 정상
까지 단숨에 이른다.
지리산 청학동에서 진천으로 자리를 옮긴 김봉곤의
서당을 가보기로 하고, 삥 둘러 다시 걷는다.
물이 흐르고, 계곡이 늘어선 가파른 곳 장독을 엎어
둔 체 모습을 갖춘 한옥이 보인다.
청학동에서 이사온 김봉곤의 상산서원이다.
그 앞을 흐르는 물줄기가 맑진 않지만, 모랫길이
4km 뻗어있는 상산 팔경 중 한곳이고 기러기가 모
래밭에 가득 채워졌다는, 평사낙안(平沙落雁)이 주변
의 산세와 어울려 아름다움을 펼친다.
그네 모습에서 그리움도 되새겨보고, 비틀비틀 좁은
길로 은여울 물길을 따라, 멋진 바위와 어우러진 산
세며 흐르는 물길이, 오늘의 운동길을 환상적으로
엮어준다. 참나무낙엽 푸석거리며 만보를 넘기며 건
강하게 걷는 내 모습이, 주변과 어울리니 더없이 아
름답다.

경자년 정월 끝날

2020년 시작되고 잠깐 사이에 한 달이 지난다.

작년 오늘은 무궁화 열차로 제천 단양을 친구와 다녀오며, 눈 쌓이고 얼음 얼린 도담삼봉, 충신 정도전 사당에서 생각에 젖어본 하루였다.

힘차게 걸어서 쏘가리탕을 안주 삼아, 한잔 들이키는 멋도 있었다.

2020년 정월 끝날 오늘은 어쩐지 외롭다.

카스에서 떠오른 작년 오늘의 내 글귀가,

아 옛날이여를…. 되뇌어 본다.

나라가 시끄럽고, 사는 진천이 아우성이다.

국민을 보살피는 나라님들이 최선을 다한다지만, 갑자기 몰려든 불안에 내가 사는 곳 진천은 어찌할 줄을 몰라 한다.

그냥 지켜보며 은여울산 친구 너는 오늘도 정상 만보 코스에 땀과 함께 혼자 있구나.

하루에 8km 만 보로, 25일 산을 탔으니

200km 25만 보를 한 달 동안 일궜구나.

몇 년을 걸었으니, 혹시 지구를 한 바퀴 돈 거는 아닌지…? 픽 웃어본다.

첫눈 내린 날

온 세상이 하얗다. 올해 들어 처음 온 눈 첫눈이 포근하게 내린다.
아침 일찍 시작된 눈 내림이, 마음 설레게 하더니만 10시경에 멈춰선다.
소나무 잣나무 억새 어디에나, 눈꽃 핀 아름다움에 내 눈을 멈출 수가 없다.
너무나 아름답다.
뽀드득뽀드득 발바닥에서 들려오는 눈과 악수하는 그 소리, 쿠션까지 느끼면서 조심스레 걷고 있다.

함박눈이 멈추더니 싸락눈으로 바뀌면서 맨살에 부딪히니 따끔따끔 굴러가는 듯, 눈 자국이 흘러내린다.
눈 속으로 달리면서 목마르면 눈 먹어대는 율무, 너에게 오늘은 물 먹일 일 없겠구나.
바람 한 점 불지 않고 하얀 눈이 수북한 산, 나무줄기 나뭇잎 풀섶 어디에도 눈이 쌓인 아름다운 모습, 햇빛이 나타나면 순식간에 없어지리라.
그 눈을 만끽하고 기분 좋은 오늘을 나는 보낸다.
집 가까이 산이 있어 자연 속을 걷는구나.

강에 얼음덩이가

미호천 강줄기에 얼음이 떠 있다.

춥긴 추운가보다.

햇빛이 뜸하고 산줄기에 가려진 부분, 흐르는 물은 보이지 않고 스케이트 탈 수 있도록 얼음이 보인다.

하루 쉰 은여울산 오솔길, 빙판이 두렵지만, 조심스럽게 걷는다.

등산지팡이에 힘을 준다.

뚜벅거리며 힘쓰는 조심스러운 내 모습이, 율무 너에겐 어색한 듯 네발짐승 네 녀석은 신나게 달리는구나.

산기슭 비탈까지~~

너나없이 대접받는 사회, 재물의 있고 없고 직위의 높고 낮고 권력의 있고 없음에 차별받지 않는 사회, 공평 사회가 아닌가 싶다.

차가운 공기 속에 맑은 하늘 쳐다보며, 피톤치드 쏟아지는 산 눈 밟으며 걷는 오늘이다.

어찌 되든 난 걸어야 한다.

병원은 다녀야 하고, 준비된 예방만이 쉽게 쉽게 사는 길이다.

노인답게 최선을 다해가며 오늘에 충실할 뿐이다.

두툼한 얼음덩이

어제의 얼음덩이 둥그렇게 더 늘어났다.
스케이트 준비되면 얼음 위로 덤벼도 무너지진 않겠다.
두툼한 얼음덩이가 겨울 추위를 말한다.
여기저기 빙판이다.
미끄러지지 않으려고 조심스레 산을 오른다.
오솔길 하얀 눈이 딱딱한 채 굳어가며 양지바른 곳
만 눈이 녹았다.
병원 일정이 내일이니 오늘은 특히 조심스럽다.

뽀송 거리는 눈 위로 스틱에 의지한 체 율무와 움직
인다.
수도권은 사람 속에서 허덕이니, 시골에 자리한 내
가 한결 더 살기 좋은 모습이니 부러움 속의 내가
으쓱으쓱…. 시골도 방콕에 이웃마저 멀리하며 뉴스
만 보고 지낸다오~~.
은여울 오솔길에서 오늘을 정리하며, 호호 불며 손
녹이는 내 모습이 보인다.
눈 덮인 산속 집이 너무도 아름답다.
크리스마스이브엔 이곳에서 지내고 싶다.
녹지 말고 그날까지 하얗게 버텨라.

길고 긴 밤 동지(冬至)

동지가 오늘이다.

연중 밤이 가장 길다는 동지 팥 삶아서 찹쌀 새알심 한 그릇 마셔야만 동지를 보낸 거 같다.

새벽 일찍 방앗간에 들려 물에 담가둔 찹쌀을 가루로 찧어온다.

곧바로 새알심 만들어서 삶은 팥을 으깨서, 동짓죽을 만드는 집사람, 정성도 가득하다.

나잇살 많아지며 노인 됨이 서운한데….

기어이 먹어야만 한 살을 채운다니…?

24절기 중 22절기 올해에 시작된 소한부터는 동지가 올해의 마지막 절기다.

며칠 지나면 2021 새해가 시작된다.

코로나로 얼룩진 한해 새해엔 제발 좀 코로나가 걷혀주길 희망한다.

사람이 눈에 띄지 않는 내가 사는 곳 진천 산골은 사회적 거리 두기란 용어가 아예 어설프다.

집 나서며 마스크만 착용하면 전혀 걱정이 없다.

동짓죽 배달차 오후엔, 손자들 사는 곳에 나들이 나서는 일정이다.

은여울산 오솔길이 너무나 포근하다.

일출

오랜만에 본다.
긴긴밤 동지를 넘기고 아침 일찍 해 뜨는 모습 일출
을 바라본다.
깨끗한 하루는 해 뜰 때 바로 느낀다.
구름 한 점 없는 깨끗한 하늘 날씨까지 포근하다.
늘 오르는 산 은여울산에 이르니 바람직한 점 불지
않는 조용한 오솔길에 녹지 않은 눈 자국이 밟혀대
서 번질댄다.
스틱에 의지하며, 정신 차리고 걷고 있다.
겨울 먹거리가 귀했던지 산자락 길가에 고라니가 움
직인다.
차들이 달려가니 논두렁에 들어서서 어정어정 피해
간다.
배고픔에 시달리는 동물 가족의 겨울 삶이 안타깝게
다가온다.
끼니 맞춰 식사하고 시간 맞춰 산에 가고 율무 너는
행복한 거다.
세상에서 너만큼 복 터진 동물은 아마도 귀할 거다.
매일매일 하는 운동 오늘도 그 코스지만, 아주 퍽퍽
하다.

7월의 끝날

오늘이 말일이다.

더위가 극점에 달하는 7월의 끝날이다.

삼복더위를 말하는 초복에서 중복을 거쳐, 말복에 도달하는 소서에서 대서에 이르는 가장 더운 그 날들이 진행 중이기도 하다.

장마가 걷히고 습한 더위가 온몸을 괴롭히는 어젠, 꽃밭에서 꽃 따기를 새벽에, 고추밭에서 고추 따기를 아침 먹고 바로, 토시 끼고 가는 가시와 씨름했고 엎드리고 쭈그리고, 붉은색 고추 따느라 허리운동에 다리운동 해본 사람만 아는 운동, 운동 아닌 노동이었다.

은행나무 밑에 쉼터, 데크 평상을 설치하느라 어제의 반나절을 땀 흘리며 애써준, 친구와 그의 짝꿍께 허리 굽혀 고맙습니다.

두 번째 방문으로 기어코 완성한 끈기에 반하면서 점심마저 늦었으니, 죄송한 내 마음은 어찌 표시합니까?

사용하며 느끼리라 앉을 때마다, 고마운 마음을.

단풍이 보인다

설악산 오색골에 활짝 핀 단풍 소식, 방송에서 안내한다.

위쪽에서 내려서는 단풍이 정읍 내장산까지는 11월이 넘어서야, 절정을 이루리라.

새벽공기가 너무 차다.

군불이라도 지펴야만 실내에서 체온이 유지된다.

은여울산에도 길목에 노란색 단풍이 눈에 띈다.

계절이 가을이니 가을답게 여기저기가 변해온다.

누런 벼는 여기저기 수확되고 있고 고구마 캐는 농가도 이따금 눈에 보인다.

밭 자락에 캐진 고구마 줄지어서 눈에 띄니 10kg 박스 속에 옮겨간다.

키를 재가면서…. 다.

상강이 주변이니 하얀 서리가 내릴 거고 서리 내린 후, 초록색은 검은색으로 돌변하리라.

콩잎 호박잎은 바로 데쳐지고, 김장용 무·배추는 서리 맞으며 싱싱하게 자라리라.

색깔이 그대로인 김장거리 무·배추 갓이 싱싱하니 이상하다.

오늘이 2019년 끝날

초평호 대청호 세종호를 골라가며 즐겼던 한해다.
은여울산 세종 장군산을 오르내리며 내 몸단속하느라 세월을 보낸 것이 벌써 한해를 접는다.
몹쓸 놈의 성인병은 불규칙한 세상살이로 스스로가 자초한 것. 끊임없는 자기성찰이 얼마나 필요한지는 병원에 내 몸을 의지해보면 절절하다.
많이 차가운 오늘이다.
세종 호수공원에서 맑은 물을 내려다보며 손을 비벼가며 한 바퀴 돌아왔다.
호수공원 총리실 쪽에서 금강변을 조망한다.
첫마을 한솔동에서, 대평동 보람동 소담동 반석동으로 삥 둘러 우뚝우뚝 고층 아파트가 늘어선다.
아름다운 도시로 계획된 모습이 서서히 눈에 보이기 시작한다.
10칼로리 소모하면 4분 27초가 수명 연장이라? 호수공원에 안내판이 서 있다.
200칼로리는 매일 걸어서 소모하거라.
너는 2시간 정도를 매일 수명 연장하느니라.
세종 호수공원에서 오늘 그리고 올해를 마감하며, 뜻있는 기해년을 보낸다.

어제 내린 눈이

오랜만에 농다리로 운동을 나선다.

어제 내린 눈이 초평호 산비탈에 하얀색을 보여주고, 데크도로 여기저기에 눈이 녹아 얼었다.

밟히는 소리가 뽀드득거려, 자갈밭을 걷는 기분이 온다.

초평호 붕어 마을에서부터 걷기 시작한다.

맑고 깨끗한 호숫물, 그 위에 자리 잡은 낚시용 이동주택…. 그 속에서 휴식을 취하며 고기를 낚는지는 궁금한 사항이다.

낚시 좋아하는 조사들이 밤새우며 고기를 낚는지…?

곁눈질로 호숫물을 살피면서 문백 쪽 농다리로 쉬지 않고 걷는다.

넓은 호수에 물결이 일렁인다.

그렇게 춥지는 않다만 운동하는 사람은 손가락으로 셀 정도다.

하늘다리 출렁임에 내 몸도 올려보고, 해넘이 밝은 모습을 호수에도 실어본다.

초롱길을 이어서 야외음악당 서낭당, 모두 다 밟아 보며 미르길 미르숲을 헤쳐가며 1000년 된 농다리를 사진 속에 담는다.

눈이 내린다

내린 눈을 치우려면 힘들긴 하겠다만, 맑고 깨끗한 하얀색 만물을, 너무나 보고 싶다.

나뭇가지에도 지붕에도 장독대에도 하얀색 눈이 수북이…. 쌓여간다.

땅 위에 모든 것, 하늘을 빼고는 온 누리가, 하얀빛으로 변한다.

빗자루 들고, 밀걸레 들고 힘을 쏟아가며 땀 한번 흘려보며….

기해년을 마감하길 조용히 기원한다.

창밖을 바라보며, 함박눈이 내린 모습에 내 맘이 소년처럼 콩닥거림은….

내가 아직은 젊음이 있는 건가…?

비가 내린다

하늘에서 물동이를 쏟아붓는다.
우산대가 휘도록 장대비가 때린다.
열매 달린 은행나무가 무게를 못 이긴 듯, 늘어지기 시작한다.
비 쏟아지는 억센 소리가 산울림으로 돌아온다.
번개도 번쩍, 뇌성 소리도 쾅쾅, 산속의 조용함이 오늘은 예외다.
이렇게 계속 오면 혹여 산사태라도…?

노아의 방죽이 터져도 걱정 없을 거라 생각하는 집, 그래도 걱정된다.
물고랑에 낙엽은 모두 손봤지만, 자연재해는 예측할 수 없는 거니 자꾸 문밖을 살핀다.
단호박 쪄서 우유와 섞어 먹고, 토마토 짓이겨서 즙으로 마셔가며, 텔레비전 멈춘 응접실에서 조용히 쉬어본다.

산에도 못 오르고 친구들과 떠날 여행, 혼자서 그려본다.
더 늙기 전에 나만을 생각하자. 다짐해본다.

능소화 I

언제부터인지 모르지만, 하늘을 쳐다보며, 아름다운 모습으로, 떠돌고 있는 구름을 살핀다.

여러 모습의 구름 형태를 그림으로 그리는 습관이 생겼다.

녹음이 우거진 산 위 모습도, 논두렁을 바닥에 놓은 지평 선위의 하늘도, 요리조리 살펴 가며 크게 숨을 들이켜고, 여기저기 마당을 걷기도 해본다.

요즘은 밭 자락에 매달리며, 이일 저일을 살피느라 아주 바쁜체한다.

열매도 수확하고 꽃도 살피며 가을을 맞아야 할 여러 모습을 진행한다.

무 배추씨도 준비하고 깻잎과 호박잎도, 먹기 위해 훑어야만 내 것으로 돌아온다.

주변 여러 곳에서 잔뜩 피는 나리꽃이, 흰색과 붉은색의 백일홍 꽃 시샘 속에 접시꽃 뭉치와 묘하게 어울린다.

능소화 너는, 전봇대 위까지 잔뜩 피며 요란스럽더니, 그 아름다운 꽃잎을 땅바닥에 나뒹굴며 올해를 마감하고 있는구나.

능소화 II

보라색 짙은 꽃이 바닥을 기어서 계속 전진한다.
나팔꽃이 여기저기로 꽃을 보이며 올라가고, 상사화
는 꽃잎만 세우고 멍하니 서 있는 모습이, 어쩐지
서글퍼 보인다.

능소화는 절정기를 다한 듯, 겨우 명맥만 유지한다.

논두렁에 초록색은 누런색으로 변해가고, 고개 숙인
볍씨가 나르는 참새를 불러모은다.

심보 고약한 논 주인은 허수아비 세우고 그도 양이
덜 차는지, 은색 색 줄기를 요리조리 흔들도록 엉키
고 설키고 야단법석이다.

참새가 먹으면 지 먹을 것이 없어지는가?
야속한 인간이다.

달랑!! 달력이 한 장

한 달을 남긴다.
12장의 달력을 보며 시작한 지 벌써, 그렇게 지났나?
빨라도 너무 빠르다.
초하루를 시작하면 돌아서면 그믐이다.
정월이었는데 벌써 섣달이다.
즐겁거나 행복해서도 아니지만, 빨리 가는 세월이 아쉬운 거는 확실하다.
즐길 줄도 모르고, 뭔가를 일구지도 못하면서, 세월 가는 거는 못마땅하다.
배우고 싶어 준비한 악기는 손가락 움직임에 문제가 있어…. 진행을 못 한다.
방해받지 않고 소신껏 해보고자 시골 생활의 목표로 간절히 원했으나…. 신체적 결함에, 의욕을 너무 앞세운 체 좌절만 맛본다.
건강을 지키고 주변에 부담 주지 않는 자신의 내 생활에 만족하며 지내보자.
징글벨 울리는 12월이 시작되는구나.

낙엽

찬란했던 단풍잎이, 한잎 두잎 낙엽 되어 떨어지는 모습에서, 삶을 되돌아본다.

잠시 머물렀다가는 가을 단풍이 나의 삶을 비추어준다. 한 생을 살면서…. 온갖 것을 다 내어주고는 다시금 땅으로 돌아가는 삶.

새순의 생명을 봄날엔 알려주고, 온몸으로 태양을 맞으며 여름내 머금고선, 열매를 맺어가며 가을엔 제 할 일을 다 해낸다.

겨울엔 땅의 자양분을 위해 자기 자신을 내려놓는다. 소리 없이 떨어지는 낙엽의 숭고함이 순리로서, 나의 삶을 돌아보게 한다.

무어를 위해 아등바등 살아왔으며, 또 살아갈까…?

이 땅에 온 몫은 사랑하는 일뿐인데, '나' 뭐가 그리 특별할까…?

나뭇잎 떨어지듯 어김없이 지고 말 것을….

나를 위해 풀어 놓은 내 삶 누군가 기억 속에 있겠지만, 무엇이 남을 것인지…? 그저 흙뿐인데…. 제빛을 내고 가는 가을낙엽을 바라보며, 내 삶을 비추어본다.

백로

맑은 개울가에 백로가 먹이를 조준한다.
먹거리 찾아 모이는 건 동물 새 인간 모두가, 같은
모습을 보인다.
돈이 보이고 벼슬이 보이고 힘이 보이는 곳, 악을
쓰고 달려든다.
그 길을 차지하기란 남다른 뚜렷함이 능력으로 뒷받
침되어야, 결과물을 얻을 수가 있다.

대학을 보내고 좋다는 학과에 올인하는, 부모들의 집
념 또한 살아보며 느꼈기에, 더더욱 맹렬한 거 같다.
붉은단풍 나무밑에는 붉은 낙엽이 수북하고 우거진
나무 밑엔 윗나무에서 쏟아준 낙엽으로 가득하다.
쏟은 만큼만 쌓임은, 자연에서 느낀 만큼 세상살이
도 또한 같으리라.

은여울산 정상에서 흘린 땀을 느끼니 온몸에 차가움
이 엄습한다.
서리가 내렸던 찬 기운을 깜박한 내 머리 좀 보소.
몸을 유지하려거든 자연에 순응하며 대비하며 살아라.
노랫가락에 발맞추며 오솔길을 내려선다.

입동(立冬)

겨울을 알리는 초입에 새벽공기가 영하를 보이더니,
주변이 온통 하얗게, 서릿발이 서 있다.
모습이 무서울 때 서릿발을 들먹이는데, 몸을 움츠
르게 차가운 공기가 내 몸을 감싸게 되니, 서릿발
기운인듯하다.

아침 공기를 들이켜려 앞뜰에 나서니 노란 단풍 은
행잎이 쉴 새 없이 쏟아진다.
그동안 버티며 단풍의 아름다움을 내 눈에 보이더니
입동을 기점으로, 바람 한 점 없는데도 비가 오듯이
쏟아진다.
동영상에 그 모습을 잠시라도 엮어둔다.

하늘은 청명하고 햇빛에 반사되는 산자락은 표현이
불가할 만큼 너무도 깨끗하다.
미세먼지가 아예 내 눈에서 벗어난 듯 가을이 아닌
초겨울다운 멋진 오늘이다.

오늘은 박타는 날이다

지붕 위로 자리 잡고 커다랗게 자라나는 한 덩이 박을 수확했다.
바가지 용도로 사용하면 플라스틱 용기보다 훨씬 질이 좋은 멋진 바가지로 쓰일듯하다.
흥부가 박타듯 조심스럽게 사다리 타고 지붕에 오르고 톱질하며 요란을 떨었더니, 쩍 벌어진다.
아니 박속이 시커멓다.

박 속에서 벌가지가 사는지 벌레 배설물 묻은 박 속을 도려내고, 수저로 긁어모아 묻혀 먹을 박 속 연한 부분을 어렵게 수확했다.

저녁에 먹을 생각을 하니, 여러 시간 불 지피며 바가지 용기 만들며 힘들게 긁어댄 구시대적 시골 노인 생활이 아깝지는 않다.

이렇게 얼버무리며 오늘을 보냈으니,
걷기운동에 시간을 할애하며 동네를 돌면서 해넘이 언덕을 보리라.

금화규 I

산삼인가? 엄청난 뿌리를 보인다.
질질질…. 콜라젠이 흐른다.
식물에서 흐르니 돼지껍질 동물성 콜라젠과는 차원이 다르다.
흡수율이 동물성 20%, 식물성은 80%가 넘는다고 방송 매체에서 떠든다.
묻은 흙을 털고 물로 씻었더니 물통 속에 누렇게 콜라젠 찐이 묻는다.
손에 묻으니 손이 미끄덕 거린다.
희한한 식물 금화규다.
건조해 분말을 먹고자 방앗간에 갔더니 요구조건이 너무 많다.
그냥 주전자나 커피포트에 넣고 끓여서 먹겠다고 내 의견을 마감한다.
뿌리는 즙을 생산하여 먹어보리라.
돈 들여 짜는 일 한번 도전해보자.
에스트로겐도 흠뻑 품었다니 나이 든 사람 특히 여성에겐 좋을 듯도 하다만….
임상시험을 내 몸으로 직접 해보리라.

금화규 Ⅱ

아침 일찍 문 열고 보니 눈앞이 깜깜하다.
물안개 자욱하고 이슬인지 빗방울인지 땅바닥이 촉촉하다.
밤나무 밑으로 집게 들고 나섰으나 겨우 몇 개로 어설픈 수확이다.
꽃 따는 즐거움을 매일 아침 진행하며 노동인지 즐거움인지 중심 잡기 힘이 든다.
하나하나 따가면서 언제까지 꽃을 줄지 고맙기도 하고 희한하기도 한 금화규에 감탄한다.
잡곡밥처럼 씨를 넣어 밥을 지었더니 밥 알갱이에 흐르는 진기가, 콜라젠이 틀림없다.
기름을 짜보려고 씨를 준비하였으나, 씨 짜는데 애로 있어 밥 짓는 거로 대체하니 처음 먹어본 그 밥맛이 찰밥과 다름없다.
은여울산 오솔길로 제법 일찍 나섰으나 여기저기 여인네들, 보따리 들고 수확한다.
태풍 뒤에 쏟아진 상수리 은여울산 단골인 내 것이 아니로다.
땀방울로 범벅된 오늘 금화규 물 마셔가며 내리막길로 접어든다.

엄청 쏟아진다

미탁인지 미투인지 태풍 18호가 끌고 온 비가 충청
도에도 장대로 붓는다.
500m'가 내린다더니 지붕이 들썩거리며 마구 쏟아
진다.
비 오는 날 바깥에 나와 비가 가려진 곡간 입구에
앉아 빗소리 들으며, 비만 오면 울어대는 개구리와
함께하는 그 기분도 느낄만하다.
개구리가 모심을 때만 요란하게 우는 줄 알았더니,
비만 오면 시도 때도 없이 요란스레 우는구나.
뭔가 크게 깨달은 기분이다.
맑으면 맑은 대로 비 오면 비 오는 대로 머리에서
해야 할 일이 거미가 줄 뽑듯 계속되니, 진보니 보
수니 하며 쓸데없이 다투는 이분법적인 너희 논객들
보다 조용히 사는 시골에 내가 나라 잘되기를 바라
는 ㅇㄱㅈ임을 알거라.

운동은 해야 하고 비는 내리고 비 가려준 마구간에
서 트로트에 취해서 혼자서 즐겨본다.

시월의 시작

어제는 9월 오늘은 시월 하루 새에 달이 지나는 긴박한 시점에 국회는 누군가 하나를 놓고 사생결단하는 꼴사나운 말장난을 원도 없이…. 뱉어낸다.
하고 싶은 말, 해서는 안 되는 말, 그 자리에만 서면 그냥 해댄다.
저러니 한자리해보려고 그 야단을 떠는가 보다.
18호 태풍 미탁이 올라온다니, 또 한 번 긴장해야 할 것인지?
비가 많이 온다니 대비는 해야 할 거지만, 들깨도 수확해야 할 듯 노란색으로 잎이 변했고, 들판에 벼이삭은 콤바인이 들어오기만을 기다리는 황금빛 논배미로 이미 변한 가운데, 여기저기 콤바인 몰아가는 농군들이 쉼 없이 바쁘다.
은여울산 오르막을 헐떡이며 오르면서 상수리 몇 개라도 주머니에 모아본다.
매일 하는 건강걸음, 쉬다가 했더니 그것도 힘에 부치는구나.
무는 팔뚝 모양으로 차올라오고 배추는 오그리며 속살을 품어대는, 시월이 시작되는 날이다.

텃밭 나들이

아침에 눈 뜨면 처음 하는 일이 비탈길 따라 텃밭으로 나들이함이 시골 생활 모습이다.
맑은 공기며 꽃향기를 들이키며 여기저기 사진 찍어….
치매 예방차 잡소리 늘어놓는 내 모습이 한가한 듯 보일 것 같다만. 결코, 만만찮은 세상 뭔가를 짚어보고 상상해보면서 바쁘게 움직인다.

여행도 계획하고 먹거리 찾아 좋은 곳에 나들이도 상상하고 보탬이 될만한 일감도 구상하느라…. 바쁜 거같이 보낸다

꽃이 너무 곱고 혼자 보기 아까워 살짝 띄운다.
옥잠화가 넓게 넓게 둥근 모습으로 자리 잡고 텃밭에 비트가 붉은 잎으로 성장 속도를 보이는 사이 고추가 열매를 들어내며 끈 묶어달라 애원한다
한 움큼 상추 뜯어 된장도 없이 우걱우걱 먹어본 오늘. 먹을만한 원시인 맛이다
채소만 먹어도 살긴 살 것 같다

기념 식수

아침 일찍 집 입구 농작물을 살핀다.
비트가 왕성하고 고추가 신나게 자란다.
금화규가 겨우 힘 받아 떡잎을 나타내며 눈에 띄기 시작한다.
빈 땅 없이 심어둔 옥수수며 콩 참깨가 심어준 임 생각하는지 자리 잡고 커 오른다.
면사무소에 들려 민원서류를 떼고는 운동장에 나서니 소나무 3그루가 기념식수 기념으로 신나게 자리 잡았다.
군수 군의회 의장 도지사가 공금으로 식수했을 텐데 이름을 걸어두고 선거 운동을 하는듯하다.
도지사만 현역이고 두 분은 떠나버린 잊힌 이름이다.
햇빛은 쨍쨍, 미세먼지도 거의 없는 맑은 날이 시작된다.
조용히 앉아서 피어오른 꽃도 보고 그늘 찾아 쉬다 보면 오늘도…. 간다.
나를 위해 오늘은 어떤 일을 할 것인가?

상강이 서리 온다는 그날

상강에 서리 내리면, 고추며 호박등잎이 서리맞은 깜둥이로 변한다.
고추는 서리 전에 뽑아서 세운 채로 말려야, 알밴 고추를 먹을 수 있다.
서리 맞으면 푸른 고추가 죽이 되어 아무짝에도 쓸 수 없다고, 동네 형이 고추를 뽑는다.
나도 뽑아야 해서 엎드려 힘쓰니 온 삭신이, 부러지는 기분이다.
단단하게 박혔으니 호미로 걸쳐서 잡아당겨 뽑는다.
10kg 쌀자루 훔치는 그런 힘을 300번 이상 쏟아붓는다.
힘으로 요령으로 온갖 묘안을 짜내가며 고춧대를 뽑아대니 쓸데없는 늙은 고추, 오늘은 제 일을 제대로 하는가 보다.
친구들아!
가까이 산다면, 초록 풋고추 실컷 따서 고추 무름 먹겠다만…. 글 좀 쓰고 쉬었으니 나머지 몽땅 뽑아야 하니, 비축된 힘을 다시 써야 하겠다.
깜짝만남에 분위기 잡는 서울 사는 멋쟁이들 아주 부럽다. 부럽고 또 부럽다.

오늘은 8월 끝날이다

두 번 다시 오지 않는 오늘이다.

8월과 함께 우리에게 다가선 찌는 더위는 9월을 맞으면, 서늘함을 우리에게 전달할 것이다.

하늘을 쳐다보는 대형 해바라기는 구름이라도 받아낼 태세로 단정하게 서 있고 푸르른 하늘은 제법 깊어가는 가을을 맞이하듯 높이 솟은 것 같다.

황금 해바라기로 일컫는 금화규는 꽃 순을 멈출 듯, 멈출 듯, 오늘에도 이쁜 꽃을 보이고, 씨망이 떠질 듯 굵은 씨앗은, 집에서 편하게 쉴 수 있는 내공 간을 훔쳐간 것 같구나.

편히 살려면, 금화규 꽃재배는 멈춰야 할 것 같다.

사과가 보이고 줄기에 달린 칡꽃을 사는 집에서 딸 수 있으니 여기가 자연인의 쉼터가 아닌가? 착각을 일으킨다.

칡꽃을 설탕에 버무려두면 몸에 좋다는데….

내가 자연인이 아닌 게 한스럽구나.

따둔 고추는 건조기에 장착하려 물에 헹궜으니, 마무리하면 끝이다.

오솔길을 내려서며 등에 흐른 땀방울에 내 건강을 맡긴다.

구지뽕

비가와도 일하는 호랑나비, 너는 네 몫이 꽃을 더듬는 멋진 직업이더구나.
이쁜 꽃이 항상 너희들 곁에 우거지니 아주 부럽구나.

나무가 우거진 곳 그곳에 주렁주렁 구지뽕이 남아있다.
숲속에서 먹거리를 기다리는 모기떼가, 구지뽕따는 손등을 향해 엄청나게 달려든다.
토돌토돌 맨살이 부어오르는 모기 님의 상처에도 아랑곳없이 훑어낸다.

나는 건강을 지켜야 한다.
혈당에 좋다니 모기와 싸워서도 구지뽕 열매 단 것을, 목구멍에 넣어본다.

이슬비가 멈추면 은여울산 오솔길로 오늘을 진행해야 마음이 정리된다.

소서가 지나고

은여울산 오솔길로 접어들면 소나무 참나무 뿌리를,
오르는 계단으로 짓밟으며 힘을 쓴다.
운동은 끊임없이 생각은 단순하게….
먹고 자고 쓰는데 걱정 없을 정도의 재력만 갖춘다
면, 넋 놓으며 살고 싶음이 은퇴 인간들의 소망임을,
흘러 다니는 좋은 글 속에서 너무 많이 읽고 있다.
지칠 정도로 보고 있다.
내가 사는 시골엔 떨어진 과일을 흡입하는 거로 시
간이 흐른다.
앵두 자두가 지나더니 흑자두 살구 익은 매실이 바
닥에 떨어진다.
입에 넣고 씨를 뱉으면 시기도 하고 달기도 하고 감
칠맛이 몸에 스민다.
따다 지친 부르베리가 드문드문 눈에 띄고 복분자
늦은 열매가 아직도 익고 있어 심심하면, 한 움큼씩
내 입을 움직이려 앞마당으로 서서히 다가선다.
아침 햇살이 침대를 때린다.
잠에서 깨라는 게시로 알고 집 밖으로 나선다.
소서가 지나고 한더위가 다가오니 아침도 빨리 열리
고, 대낮엔 일터에서 철수해야만 한다.

Part 4

걸으면서 생각하기

고향 이야기

제2의 고향

농다리, 진천하면 떠오르는 곳 생거진천과 농다리다. 삼국시대 김유신 장군의 출생지이기도 한곳, 독립투사 이상설 선생님의 고향이며 수도권 안성과 맞닿은 곳이 진천이다.

97년에 자리 잡았으니 제2의 고향이 되었고 주변 산천이 거의 내 눈 속에 새겨졌다.

농(籠)다리 천년 된 돌다리 건너서, 농(籠)다리로에 기거하며, 농(籠)다리로 토지에서, 농(農)사지으며 살다 보니, 농(籠)다리 시인이란 호칭까지 접수한다.

인연이란 순간적으로 이어진다. 옛 지명이 상산인 진천에 난생처음 친구 찾아 나섰다가 사는 곳이, 이곳이 될 줄을 내가, 꿈속에서도 몰랐었다.

60이 목표이던, 망가진 내 몸을 붙들어 잡고 건강한 나날을 진천 농다리 주변 농다리 길에서 여유 있게 살다 보니, 코로나 시대의 나는 휴양지에서 사는 셈이다.

땅을 밟은 오늘도 내 건강을 찾아가니, 만 보 코스 은여울산 너는 나에게 꼭 필요한 친구 영원한 내 벗이다. 책까지 출간했으니 은여울 미호천 농다리여!! 날 오래도록 친구로 마중하거라.

가족 묘원

풀에 이슬이 잔뜩 서린 새벽, 부모님 할아버지 할머님이 모셔진 가족 묘원에 들린다.

인사드리고 여기저기를 둘러본다.

한 분 한 분을 머리로 그려보며 많은 얘기를 나눈다.

세상이 필요로 하는 보람된 삶을 엮어달라 애원도 해보고 많은 걸 내려주시고 모두를 지켜달라고 내 마음을 드려본다.

깨끗이 관리해준 후손에게 크게 감사드린다.

많이 모이면 묘원 앞에 대나무는 방법을 찾아보면 좋을 거 같다만….

이쁜 꽃으로 묘원을 환하게 단장해두고 떠난다.

관심은 후손이 있음을 주위에 알리는 정성이리라.

마을회관

시골 마을회관은 모여서 먹고 즐기고 회의도 하는 멋진 쉼터다.
음료수와 커피는 기본이고 과일과 술이 보관되어 아무 때나 내 공간이다.
같이 먹고 마시며 나눔을 얘기하는 곳으로 냉난방이, 내가 사는 우리 집보다 양호하다.

동네 한 바퀴로 돌아온 후 선짓국에 게장까지 준비된 저녁을 준비했다는, 동네 부인회의 초청에 서슴없이 다가서는 내 모습에서 아…. 여기가 내가 사는 제2의 고향임을 느낀다.

욕심부리지 않는 시골 인심을 눈으로 바라보며, 산에서 칡을 캐온 노인회장의 칡애찬론을 실컷 듣고 온다.
K에 6천 원…. 오늘 70k를 수확했다니 거금을…. 벌었단다.
멍해진다.
갈근탕…. 돈벌이에.

생거진천

태풍 링링이 세차게 바람을 몰고 지나가더니 연이어
비를 뿌렸다.
오늘까지 비가 내린다더니 아침부터 갠 날씨다.
미호천 상류, 물줄기를 타고 오른 뭉게구름이 오늘
을 보인다.
높은 하늘이 엄청난 햇빛을 쏟아내는 맑은 날이다.
오랜만에 마당을 향해 이것저것 말릴 것이 순서 없
이 널린다.
자연에서의 건조…. 는 녹두 금화규 옥수수 등등.
은여울 수목원에 올라서니 파란 나뭇잎과 썩은 줄기
가 즐비하게 깔려있다.
링링이 지나가며 휘파람 불며 살짝 내저은 그런 모
습이다.
길을 가로질러 소나무 한그루가 뿌리째 넘어진 것
말고는 그렇게 크게 훼손되진 않은 것 같다.
자연재해가 거의 없는 살만한 곳
생거진천이 맞는 거 같다.
벗어나고 싶다.
너저분한 세상살이에서, 한가한 내 맘으로 내일을
바라보자.

둥근 돌

은여울산 정상에 언제부터인가 둥근 돌이 자리한다.
큰 힘으로 옮겨놓은 곳, 쉬면서 물도 마시고 먹거리
도 들이키는 좋은 자리다.
아침부터 구질구질하게 빗방울이 드리는 날, 운동을
낮으로 미루고 10시부터 오솔길을 더듬었다.
뙤약볕이 쨍쨍 쬐는 도로를 벗어나서 은여울 수목원
에 이르게 되니, 오르는 오솔길이 너무도 시원하다.
습한 기운이 땀을 흘려낸다만 흘리기 위한 운동이니
내 몸은 튼실하게 변해가리라.
주치의 선생님께서, 조금 더 노력하라는 검사결과
문자를 접수하고, 꾸준히 노력하고 쉼 없이 줄여가
며 가벼운 몸을 유지하기는, 이겨낸다는 자기 의지
만이 최상임을 느껴본다.
거저 되는 어떤 것도 세상에는 없느니라.
땅바닥에 개미들은 엉치기영차 나른다.
떨어진 옥수수 부스러기를 동료들과 함께 먹으려고.
노력하는 그 모습에서 우리도 배운다.
개미처럼 일해라.
뭔가 이뤄지리라.

고향길

울적한 내 마음을 달래보자고 고향길을 더듬어 돌아
왔다. 뿌리를 찾아서 고향을 지켜주는 몇 사람,
더없이 고마운 주변이다.
나보다는 주변을 생각하고 찾아오는 친척들을 항상
맡아주며 베풀지 못해 안달이 난, 몇 사람을 생각해
본다.
바쁜 시골 일로 같이 움직일 수도 없어 몸이 무거운
상태로, 밤에만 함께하는 현지사정이 날 너무 안타
깝게 한다. 장마가 몰아오는 그 시간이 쉬는 시간이
고 시간을 이용하는 멋진 타임이다.
새롭게 개통한 천사대교 맛의 대명사인 현지먹거리
하모회, 바지락 비빔밥, 찐 감자와 단호박찜 등 많은
걸 먹으며 소통하고 서로에게 우리는 중요한 존재임
을 느끼고, 또 느끼며 젊은 Yb의 푸드팜 산업현장이
너무나 힘차 보여 농기계 도는 소리며 대형 비닐하
우스 4동의 빗물 쏟아지는 우람한 그 모습에 두 손
을 들어 손뼉을 치고 싶다.
쉬고 얘기하며 되돌아오는 길목에서 손바닥에 쥐여
주는 나이 많은 조카님의 깊은 정에, 내 마음을 담
아서 함께 드립니다. 감사합니다.

은여울

이쁜 이름이다.
은탄의 순수우리말 여울 탄(灘)으로….
아침 일찍 오랫동안 멈춘 은여울 산으로 걸음마를
시작했다.
새벽공기가 제법 쌀쌀함을 반소매 반바지 차림의
내 몸이 읽어내린다.
맨손 부분 손가락이 장갑을 끼워줬음하고 쌀쌀함을
전해준다.
아지랑이 피어오르듯 여울 위로 모락모락 물안개가
피어오르고, 고요한 산 은여울산에 이르니 숲속으로
햇살이 너무 맑게 빛을 준다.
일 년 전 오늘도 이산을 더듬어서인지 건강의 수호
신으로 은여울산
너를 기억하고 싶구나.
산새도 잠에서 깨어나지 않은 듯 새소리마저 멈춘
산 고요함의 극을 이룬 시간,
새벽 운동을 마무리하고 거뜬함을 느낀다.
등 쪽이 훈훈하다.

농(籠)다리

긴 다리가 아니고 지네 모양 다리란다
고려 시대에 임연장군이 용마를 타고 와서 돌로 축
조한 돌다리란 설도 있고 1000년의 세월을 이겨낸
자연석 다리로 구불구불한 모습이 지네가 기어가는
모습이라서 농다리로 칭한다는….

어제부터 내일까지 연중행사인 농다리 축제가 요란
하게 진행된다.
농다리 지킴이 임영은 회장(도의원)의 뜨거운 후원과
열정적인 관심 속에 진천사람이면 천변 텐트에 옹기
종기 모여들어 푸짐한 행사에 귀 기울여 참석한다.

선거에 출마하는 거의 모든 사람이 얼굴도 알리고
가수 개그맨 등 연예인도 초청되고 씨름판 등 즐거
운 각종 행사가 줄을 잇는다.

농다리 축제에 면민의 한사람으로 조용히 참석하여
수변도로 둘레길을 산책할 예정이다.

사람 속에서 하루를 부대끼는 오늘이 될 거 같다.

고향이 너무 좋다

세상살이 본인의 생각과는 전혀 무관하게 시작한다. 이쁘게 아무렇게나 귀엽게 버림받으며 여러 형태로 세상을 시작한다.

나라에서 해준 공짜교육만 받기도 하고 무지무지하게 뒷받침받으며 학교에서 학원에서 개인과외로 꼭대기 지점까지 다 배워보기도 한다.

세상살이는 배운 거와 등식을 이루지 못하고 어떤 집에서 시작하느냐가 앞뒤를 가르는 걸 많이 느껴본다.

내려받아서만 살면서 갑질하며 눈꼴사나운 모습도 보이고 노력에 따라 갑부도 되어가고 손재주로 명인도 되어가고 축출한 예능 감각으로 멋진 운동으로 주목도 받고 뭉칫돈도 만지고….

국가에서 봉급 타고 기업에서 봉급 타고 어디에서 봉급타도 주인에겐 모두가 종살이다.

그 직위가 높건 낮건 시키는 일 제아무리 잘해봐도 은퇴하면 내가 살 길 별로이다.

하고 싶은 일 이루고 싶은 것 그것이 뭘지라도 내 것을 일구는 자신의 세상살이가 살고 보니 크게 느껴진다. 깨우치고 느끼며 스스로가 해낸다는 그 맘만이 세상살이 근본 아닐까?

Part 5

걸으면서 생각하기

사회 이야기

일본의 만행 우키시마호 폭파

해방되던 45년 8월 24일 일본의 만행이 우키시마호 폭파로 세상에 알려진다.

일본에 강제로 끌려간 우리 민족이 해방되어 부산항으로 돌아오는 화물선에서 항로를 바꾸고 징용 사실을 숨기려 항로를 이탈시켜 배를 폭파한다.

우리 민족 1만여 명을 대량학살한 끔찍한 사건이 우키시마호 폭파사건임에도, 사학자들은 모두 입 다물었고 역사로 기록하지 않았으니…?

생존자가 80여 명 있었다니 알려질 수도 있었으나, 위안부 사건보다 더한 일본의 만행을 해방 후 우리는 알지도 못했으니….

역사 속에 미노출된 사건이 또 없다는 보장을 할 수 있을까 싶다.

지소미아

땀 냄새 풍기면 모기가 접근하고, 음식 냄새 나는 곳엔 어디서 오는지 파리가 모이고, 숲이 있는 곳엔 매미가 울어댄다.

방앗간엔 참새가 달려들고 닭장엔 구멍 뚫고 쥐가 달려든다.

은여울산 등산로엔 흰 머리 노인이 날마다 달려들고, 여름방학이 끝난 요즘엔 은여울산 기슭 수목원 주변에 학생들이 모인다.

충북지역 초·중생들이 자연학습차 버스로 이동하여 장거리 소풍이나 수학여행으로나 가능한 그런 자연학습을 일상적으로 진행한다.

좋은 세상인 거는 틀림이 없지만, 우리 일상은 왜 이리 골치 아프고 힘들까?

지소미아…?

무슨 말인가했더니 영문자 앞글자를 모아둔 군사 보호 협정이란다.

혼밥 혼남 혼녀로 줄여서 즐겨 쓰고, 쓰는 말을 단축하여 말을 만들어 즐기는 세상, 요즘 세상이다.

나이 들어 멍하면 뒤떨어진다니 인터넷 검색하여 소통하려면 찾아야 한다.

문란한 성문화

어제 오후에 힘들게 따놓은 홍고추를 물에 헹구려고 새벽부터 움직인다.

어느 때보다 많은 양이 토실토실 살찐 체 건조기에 장착하니, 찬물에 손 담그며 물장난한 결과물은, 56시간 후엔 마른 모습으로 내 눈에 보일 것이다.

어젯밤에 내린 비로 주변이 온통 눅눅하고 미호천 강줄기엔 자욱한 물안개가 주변 산을 안개 속으로 감춘다. 산의 중턱쯤에, 땀 흘리며 걷는 중에 많은 비가 쏟아진다.

빗물과 땀방울이 범벅되어 흘러내리니 묘한 쾌감도 느끼게 된다.

비 오는 와중에도 매미 울음소리는 청개구리 엄마 걱정하듯, 쉬지 않고 울어댄다.

어디엔가 나무줄기에 매미 발톱을 긁어 메고, 소리 소리 맴~~맴 우는 걸 보노라면, 임 찾아 구애하는 인간 세상과 전혀 다름이 없는 거 같다.

문란한 성문화를 뉴스로 접하면서 좋은 세상인지…. 힘든 세상인지?

포악한 인간사회로 자꾸만 변해감을 토막 난 살해현장 후 자수하는 뻣뻣함에 징그러움을…. 가져본다.

도쿄 올림픽 단상 I

코로나 19로 연기된 도쿄 올림픽 개막식을 들여다본다.
관중석이 텅텅 빈 체 인류의 축제마당 세계인의 화합마당이 썰렁하게 시작된다.
올림픽을 유치한 일본의 전 총리 아베는 올림픽 개막식에 모습도 보이지 않고,
도쿄 올림픽 조직위원장인 여자가 단상에 나타나 일류의 축제를 개회 선언한다.
성화가 불타오르고 참가선수단이 나라 팻말을 앞세우고 질서 없이 자유로운 모습으로 마스크로 입 막은 체 손바닥에는 핸드폰 들고 얼굴엔 미소를 잔뜩 품은 체 그리스를 선두로 입장하기 시작한다.
나라 이름이 눈에 들어오기 시작하는데 아는 나라보다 모르는 나라가 더 많은 거 같다.
십억이 넘는 나라, 1억이 넘는 나라, 천만이 넘는 나라가 나라로 보이고 백만이 넘어선 나라, 10만이 겨우 넘는 나라, 몇만이 인구인 나라도 참가선수단으로 설명된다.
세계 각국의 나라 이름 수도 이름을 대륙별로 암기하며 지리 공부했던 내 눈에 낯선 나라며 참가선수단의 나라 규모 등 내가 모르는 그런 모습들이 나를

슬프게 한다.

세상에 뒤떨어진 문화 문명에 뒤처진 노인 인생의 삶이 아…!!

이렇게 해서 젊은이들이 노인세대를 거부하는구나.

올림픽 메달을 따본 나라보다 메달을 아직 따내지 않은 그런 나라가 더 많은….

그래서 축제는 스포츠 강국들의 힘겨루기 모습이 국가의 힘자랑 국력자랑이 되는구나 생각이 든다.

생각은 굳어지고 세상 보는 언어에도 부족함을 많이 느끼는 요즈음의 나를 기억하면서….

5년 후 15년 후 25년 후의 나잇살에 도달이 가능할 것인지…? 곰곰이 상상해본다.

야무지게 단속하고 열심히 운동해야만 신세 지지 않고 살 수 있음을 그려본다.

남녀 구성비가 여성우위더니 올림픽 선수단도 여성이 45%를 넘어서는 세상이다.

격투기며 메치기며 어떤 종목에도 이젠 여자가 약하다는 개념이 없어졌다.

도쿄 올림픽 단상 II

올림픽 중계를 보고 있노라니 너무 많은 변화가 온 거 같다.

복싱 유도 태권도 레슬링의 전통 강세 종목에서 수영 양궁 펜싱 양궁으로 선진국형 스포츠로 자리가 잡혀가는 모습이 보인다.

먹고살기 위한 스포츠에서 즐기며 누리는 스포츠로 옮겨가다 보니 테니스 탁구 배드민턴 등 즐기는 스포츠가…. 보인다.

수영과 탁구에서 기량 좋은 젊고 어린 선수가 내 눈을 즐겁게 한다.

중계방송의 채널을 그곳에 고정함은 예선에서 떨어져 나가는 옛날의 우리 종목 태권도 유도에 물린 내 마음과, 많은 사람이 대동소이 할 것으로 생각한다.

태권도 종주국 체면이 말이 아니다.

유도 태권도는 중계 자체를 보기가 싫다.

응원도 싫어진다.

예선 치르면서 떨어진다.

도쿄 올림픽 단상Ⅲ

케이팝이 세계를 울리고 양궁 태권도 골프가 세계를 뒤흔들며 선두를 달렸었는데, 올림픽에서 살펴보니 세계 각국의 각축장으로 변한 지가 이미 오래되었고, 가다듬지 않을 시엔 어떤 종목도 세계스포츠에 앞서갈 수가 없는듯싶다.

수출로 먹고사는 현재의 우리 경제도 한 눈 팔면 잠깐 사이에 앞질러가는 세상임을 올림픽을 보면서 많이 느낀다.

끊임없이 노력하고 쉴 새 없이 부딪혀가며 개발해야만, 현재를 유지할 수 있고 내일의 영광이 있다는 큰 가르침을 스포츠에서 배운다.

뒤처진 체 따라가는 골프 중계 허덕이는 야구 및 여자배구 중계에 물린 체 세계시장은 넓고 크구나…. 느낀다.

마라톤이 끝나면 도쿄 올림픽은 멎는다.

말썽 많을 듯 진행된 올림픽이 코로나 19 방역시기에도 큰 사고 없이 무난히 끝나니, 너무나 다행이다.

10위권을 목표로 한 우리의 메달획득은 그동안 참가한 역대 올림픽 중 최악의 수준에 머물렀다.

서울 가는 토요일

오근장역에서 하루에 한 번뿐인 서울행 기차를, 10일 전 예매한 후 오늘이 그날이다.
보고 싶은 친구들….
모습이 떠오른다.
겨울이니 야무지게 몸단속도 하고, 서둘러 나섰더니 기다리는 동안 역사 주변에서 걷기도 진행한다.
삼탄에서 겨울철 눈꽃축제가 현수막에 광고된다.
눈이나 쌓였는지 여행사가 허탕 치는지?
올해 날씨는 종잡을 수 없으니, 스키장이며 겨울 여행 모든 사업장은 나라 경기와 맞물려, 울상일 듯도 하다.
세상살이는 순리대로 살아야 한다.
생각대로 상상대로 순탄하지만은 않다.
총선이 임박하니 모이는 모든 곳에, 여지없이 나타난다.
얼굴에 껍질 씌운 인간집단 정치꾼들이 드세게, 자기 자랑을 늘어놓으니 정신 바짝 차리고, 야무지게 선택하는 내가 되어야 한다.
많이 차가운 시간 오근장역에서 뉴스를 바라본다.
정치뉴스 진절머리난다.

문과에서 전교 일등

엄마는 다리가 아파, 걷기도 힘들어 우유배달 하는 일도 도중에 그만두었다.

그 일을 받아서 새벽 2시부터 매일 우유를 배달하고, 50만 원을 받는다.

그 일을 시작한 지는 엄마를 돕다가, 엄마가 아픈 4년 전부터 우유배달 일을 하게 되었다니,

중학교 다니면서부터 세상과 부딪히며 살아간다.

임대아파트 월세 엄마 병원비를 벌면서 집안일을 다 해내는 그 고3 여학생은 서울 교대와 서울대에 수시 지원 했는데 합격했지만, 생활비 등을 스스로가 해결해야 한단다.

가난은…? 취재인이 물으니 불편하긴 하지만, 세상을 살피면서 나를 다짐하는 계기가 가난이었다니…?

그래서 더 열심히 세상을 준비한다는 그 말에 그냥 내 눈이 후끈 달아오른다.

잘사는…. 그래서 해외에서 거들먹거리며 마약에 여자에 호강스러운 세상을 사는, 허울 좋은 유학 생활에, 고급차량 음주운전에 자기를 못 만들어가는 그 사람들과 너무 비교되어 세상은 왜 이렇게 불공평할까…? 멍해지는 세상이다.

네 재능을 찾아라

예순 넘어 나의 재능을 찾는 법이 아침마당에서 방영된다.
금융인으로 세상을 살아온 안창수 씨가 동양화가로 숨은 재능을 찾아간 얘기다.
나이 들어 언어의 장벽을 뚫고 중국으로 유학 가서 어린 시절부터 하고 싶었던 동양화가의 꿈을 이룬 모습을 보여준다.
순간적으로 흰 소를 그려내더니 중국에서 수상한 호랑이 그림 독수리 그림이 수상작으로 보인다.
일본으로 또 유학 가서 수상한 작품 두 마리의 닭이 동양화로 그려진 모습이 엄청 부럽다.
자기의 숨은 재능을 찾아 끊임없이 노력하는 노익장의 인생 2막을 보면서…. 덤덤하게 살아가는 내 모습을 비교해본다.
넌 뭐 하고 사는 거냐고 되묻는다.
본받고 싶은 여러 모습에 부러움을 금할 수가 없다.
내 주변에도 같은 직장을 그만둔 친구가, 서예의 대가가 되어 특선작가로 전국 장사씨름대회 장사에게 휘호로 수여하는 서예작품을 독점납품하며 용돈을 받는 멋진 모습도 있다.

코로나 예방접종

야단법석 중이다.
코로나 예방백신이 국민에게 접종되는 첫날이다.
정해진 규칙에 따라 의료인 중 코로나와 가까운 곳에서 일하는 65세 이내에서 1호 접종이 시행된단다.
65세 이상은 4월 이후에, 기저질환을 품고 있는 노인들은 어느 세월에 접종될지 추이를 살펴야 할성싶다.

정부의 고위관료와 대통령까지 접종현장에 모습을 나타내며, 홍보 및 주의사항을 일일이 열거하며 방송에 열을 올린다.
일 년여의 코로나 기간 중 숨죽이며 살아온 우리,
이젠 활개 치고 살게 될 것인지?
사뭇 걱정스럽지만, 예방백신과 치료제가 모두 출시되었으니….
아마도 정상으로 돌아오리라 믿어본다.

나이 들고 기저질환 있는 시골 노인은 시키는 대로 질서 지키며, 혼자 생각하면서 산으로 들로 운동하며 살 수밖에, 도리가 없는 거 같다.

2021년 대학수학능력 시험

의외로 포근한 날이다.
2021년 대학수학능력 시험이 치러지는 날이니
당연히 추울 거로 생각했다.
수능 시험 치는 날은, 추운 날로 인식된 지 오래되
었으니 당연히 쌀쌀할 거라 해버린다.
전국의 재수생 재학생 49만 명이 성적순으로 줄서기
하는 시험날이다.
문과 이과 예체능으로 분야별로 수능에 응시하고,
수시 정시 등으로 입학하는 요란한 대학시험이 가관
이다.
우릿적 시절엔 초등학교 졸업하고 가고 싶은 중학교
고등학교 대학교를 선택하고, 학교의 자체 필기시험
으로 입학절차를 마쳤는데 요즈음은 절차조차도 알
기 힘들어, 손자 손녀들 대학시험이 과거시험보다도
어렵다고 야단들이다.
대학을 끝내고도 사회진출이 더 어려운 세상 정말
어려운 시대인 거 같다.
쉽던 시절에 쉽게 살아온 할머니 할아버지가 부럽겠
다고 생각해진다.

인간극장

조용한 은여울산 산등성이에 요란한 비행기 소리….
수출만이 우리의 살길이었으니 경쟁해서 이겨내려
배우고 익혀서 단련한 결과물이 해외에서 경쟁하며
이겨냈으리라 생각한다.
인간극장 프로그램에서 치매 5기에서 진행되어가는
시골 노인을 그려간다.
서울에 집을 마련하고 아들딸들이 위 아래층에서 살
도록 해두고선, 시골에서 동네 이장을 보며 부부가
손을 꼭 잡고 움직이며 다정스럽게 사는 모습 속에,
치매를 이겨내는 아름다움이 그려지고 있다.
가수 방주연이 임파선암을 자연 치유하고 러시아에
서 자연치유로 의학박사 학위를 취득한 인간승리의
모습을 인간극장에서 얘기한다.
사는 곳 현지에서 생산된 것 밟고 사는 내 땅에서
뽑은 거를 먹고사는 자연치유를 말한다.
자연에 스며들어 사는 길이 인간이 살아야 할 길임
을 안내한다.
자연 속에서 사는 내가 바르게 산 거 같기도 하다.
외롭지만 자연 속의 삶을 그리워하는 노인네들이 많
이 있을 거라 생각한다.

인구 단상

세상에 태어나서 인간이 인간 노릇을 한다면 부모로 부터 받아온 핏줄, 다음 세대로 이어주어야만 인류 가 존재하리다.

대한의 인구가 5천 1백만 작년에 출생아가 27만 작 년에 가신 분이 30만을 찍었다니, 우리의 인구가 줄 어들기 시작한다는 통계가 발표된다.

내 집 없어 난리 통에 전세살이가 일반화되면서 소 형주택이 인기를 끌더니 혼자 사는 세대가 자그마치 900만 명이라니…?

독신을 고집하거나 짝을 떠나보낸 홀몸노인이 싱글 세대를 구성하리라.

언젠가는 산아제한으로 인구를 억제하려 세금까지 혜택 주더니, 요즘은 셋째를 출산하면 5,000만 원까 지 보조해준다는 지자체까지 등장한다.

많이 배우고 똑똑하다는 젊은이들이 혼자서 부담 없 이 사는 세상, 나만 살다 떠나면 그만이다.

후손은 내 알 바 아니다는….

부모들 간섭을 배척하는 젊은 세대의 비뚤어진 맘, 그 맘을 이해는 하면서도 인간 본연의 세상살이는 아니지 않나 생각해본다.

대물리는 전문직

해와 달이 할 일이 있듯이 서 있는 한 가지의 나무
도 제 할 일을 하는 자연 속에 들어서니, 내가 할
일이 무엇일까?
쉬고 놀고 즐기면 되는 건가?

어제오늘은 밀린 일을 마무리하러 관공서를 다녀온다.
용어도 서툴고 코로나 때문에 출입도 점검해대니….
많이 어색해지는 내 모습이 한없이 왜소해진다.
로봇과 사람이 탁구 하는 세상이니 인간이 서야 할
자리가 자꾸만 없어지니,
일자리는 줄어들고 기계를 움직이는 기술인력만 살
아남는 다음 세대가 엿보인다.
전문직 사(士)자 직종은 대를 이어 연결해가는 모습
주변에 많이 눈에 띈다.
의사 변호사 세무사로 자리 잡은 부모 밑에는, 자식
들이 공부해서 그 자리를 이어받는 대물림 모습이
심심찮게 보인다.
자리 잡은 일감을 그냥 이어간다니 막을 수도 없겠다.
요령껏 세상을 살아야만 부모들 마음이 편해지나보다.

3 6 9 인생길

102세의 철학자 김형석 교수님이 아침마당에 출연하셔서, 건강한 삶에 대해 말씀하신다.

철이 덜 들어서 늙어감이 느릿느릿 하시다며, 살고자 일했고 일하다 보니 건강해졌다며 50년 넘는 세월을 매일매일 일기를 쓰며 지난 시절을 더듬어 살피는 여유를 갖고 계심에 크게 감명받는다.

99까지는 헤아리며 나잇살을 계산했는데, 100살이 넘어서부터는 나이를 살피지 않고 그냥 살고 계시는 듯 말씀을 하신다.

3 6 9로 나누면서 30까지는 배우고 60까지는 직장에서 움직이고 90까지는 덤으로 이어가신다며 살아오신 세월을 분석하신다.

많이 느끼고 주변을 살피며 내가 어디에 필요한지를 스스로가 알았을 때 스스로가 깨우쳤을 때 건강한 인생이 있으리라 감히 상상해본다.

뭔가를 기록으로 남겨보고 지나온 내 삶을 되돌아보며 반성해 간다면 행복한 미래가 전개되리라.

세종을 돌아오며 먹어야 할 약을 몽땅 준비하며 슬퍼짐을 헤아린다.

신체의 기능이 쇠퇴해가니 어쩔 수는 없다.

무량사 거사의 소천

봄에 계시던 무량사 거사분이 몇 달 전에 소천 하셨 단다.

서울 병원에서 가셨다니, 아랫집 살면서도 모르고 지나쳤다.

법원 공무원으로 엄청 부지런하시고 무량사 가꾸는 데 성의를 다하신 분이셨는데…. 눈에 선하다.

소리 없이 가신 분 당연히 극락에 계시리라 상상해 본다.

법륜스님의 즉문즉설에 죽어서 가는 곳은 이승에서 생각한 대로 가는 곳이라 답하신다.

그분이 못 가시면 아무도 갈 수 없다는 그런 삶을 산다면, 종교 유무와 관계없이 저승길은 있을 거라 답하신다.

천당과 지옥 극락세계를 구분 짓는 말씀에, 대전 교 구장 비대면 미사를 마치고 나온 일요일 아침의 내 가 동의하는 생각이다.

네가 어떻게 살고 있는지?

석불이 내려다보는 연못 위의 빙판을 바라보며 조용 히 반성해본다.

넌 제대로 살고 있는 거냐고…?

시골 생활

시골 생활은 모든 분야에 그 능력을 갖춰야 한다.
비가 오면 비로 인해 벌어지는 모든 분야에 눈을 떠야 하고, 눈이 오면 눈에 대비하여 발생할 여러 문제를 예측하고, 일이 생기면 대안을 갖고 있어야 한다.
상수도 시설이 없이 지하수를 생활용수로 사용할 땐, 전기 수도에 대한 일반적인 알음이 꼭 필요하다.
갑자기 전기가 나가거나 순간적으로 지하수 펌프가 멈추거나, 지하수 펌프가 물을 멈춰도 가동되면, 그 원인이 뭔가를 점검하여 대책을 마련해야만 생활을 이어갈 수가 있다.
물이 없고 전기가 멈추면 일상의 생활은 거기에서 멈춘다.
오늘 하루의 반나절을 더위와 싸우며, 계속 돌아가는 지하수 펌프의 원인을 찾느라 고생깨나 했다.
기술자를 부르려 해도 시간을 요구하고 기다려야 하는 등, 비싼 인건비에 앞서 헛도는 펌프를 멈추려 전기를 내려야만 하니, 물 없이 지내는 불편함을 너무 크게 느낀다. 씻을 수도 먹을 수도 음식을 만들 수도….
물이 없으면 거기서 끝이다. 아…! 힘들구나.

황금 연못 I

토요일 아침에 우리 또래 노인들이 모여서 말 자랑하는 프로그램이다.

국밥집 하다 말아먹고 65살에 시니어 모델로 성공한 김칠두 할머니 할아버지와 손자 손녀가 노래자랑 춤 자랑 악기 연주하는…. 등 자랑스러운 노인 인생을 비춰주더니 아이를 안 낳겠다는 요즘 세태를 설득해야 하느냐? 뜻대로 그냥 두느냐에 33대17로 설득해서 낳게 해야 한다로 결론을 내는 걸 보고 아직도 어른세대는 자식 의존에 의견을 줌에 쑥스럽게 웃는다.

파크골프장이 둘레길로 갖춰지고 주변에 금강물이 넘실대며 갖가지 운동시설이 여기저기 준비된 로하스공원은 천혜의 좋은 쉼터다.

먹거리 슈퍼까지 가동되니 운동 삼아 멀리 가지 않아도 모든 게 해결이다.

날씨가 풀리니….

걷고 또 걷고 운동기구에 매달리고 흔들고 들어 올리고 온갖 재주를 다 부린다.

몸이 풀리는 내 몸서리가 지긋이 들린다.

토요일의 오늘이다.

황금 연못 II

토요일이면 황금 연못이란 시니어 토크쇼가 방송된다.
처음엔 대인원이 출연하더니 코로나로 대폭 줄여,
젊은 시절의 추억거리며 세상 살면서 부딪히는 자식
들과의 모습, 노련하게 살고 온 옛이야기로 꽃을 피
운다.
출연진들이 60대 후반에서 70대 초반으로 구성되며
내 또래는 이 프로에서도 드물게 눈에 띄는걸 보게
된다.
확실하게 나이 들었음을 실감할 수밖에 없으니 세월
을 탓해야 할지…? 방송국을 탓해야 할지?
제과점 추억이며 미니스커트 데이트며 엘피판에 얽
힌 수많은 추억거리를 나도 들먹일 수 있는데…?
정치인도 교수도 기업 CEO도 내 나이에선 모조리
사라졌다.
어느 순간 완전히 바뀐 세상 주변을 살펴보니, 스스
로만 늙은 줄 모르는 철없는 나였구나….
너는 이미 옛날 사람이야 혼자서 중얼거리며, 은여
울 늘 가는 오솔길에 다리 · 허리 운동하며 뚜벅뚜
벅 걷다 보니, 맑고 깨끗한 공기가 가슴속으로 스며
든다.

조은누리 양을 찾은 군견

조은누리란 중학생이 실종된 지 9일 만에, 명견의 안내로 찾아낸 큰 뉴스가 요즈음의 볼만한 사건뉴스였다.
내가 사는 곳에서 아주 가까운 곳에 초평호가 자리하고, 초평호 둘레길 맞은편 두태산에 후방사단이 비치되었는데,
그 사단 병력이 군견 (달관이)을 끌고 수색하여 조은누리양을 살려낸 아름다운 뉴스가 있었다.
아무것도 들어오지 않는 요즈음의 국내 뉴스에 그나마 위안거리였다.

은여울산 산행을 미루고 오랜만에 농다리 초평호 붕어마을에 이르니, 아름다운 구름 밑에 방태산이 눈에 띄어 몇 자 적었다.
100세 시대라지만 한해 한해가 더해지니 기력이 쇠잔해지고 자꾸만 깜박거린다.
자주 보는 뉴스인물도 이름이 떠오르지 않고 유명한 연예인마저 얼굴과 이름이 이어지지 않는다.
나이는 속일 수 없는 자연현상인지, 시골 사는 내 생활이 날 그렇게 하는 것인지…?

마을회관에서

파란 호숫물이 눈망울을 맑게 하고, 삥 둘러 둘레길로 플라타너스 우거진 그늘 밑에 시원하게 데크도로가 더없이 좋은 산보길이다.
지내기가 너무 좋은 초평호 운동길인데. 너무 더운 날씨 탓에 휴가를 떠났는지…? 텅 빈 데크도로를 나 혼자 걷는다.
내 건강은 하루하루 걷는 것, 나만 알뿐이다.
프란시스코의 방문 소식에, 태풍 방어 예보방송에 적잖이 걱정했다. 싱겁게 지나갔다.
평소의 소나기만큼도 비가 내리지도 않았고, 바람은 커녕 나뭇잎조차 흔들리지 않은 체 태풍이 마감된다.
아무튼, 피해가 없으니 고마울 따름이다.
언제부터 비바람 걱정하는 내가 되었던가? 뒤돌아본다.
도회지에서 생활이나 똑같은 농촌환경을 유지하고 있으면서, 유기농 식품을 직접 재배하여 일상의 먹거리로 건강식을…. 한다.

마을회관에서 수시로 부른다.
마을의 먹거리 잔치에 정 구성원으로 참여하는 ''시골 생활의 나'' 이렇게 산다

세상은 변해가고

블록체인 화폐…. 4세대 암호화된 화폐로 용어 자체가 낯설다.

인터넷 용어에도 미숙하고 국제화된 세상살이는, 모든 부분에서 어설프다.

디지털 화폐로 금은보화 부동산에 이르기까지 모든 거래가 암호화된 블록체인 화폐로 거래 가능한 세대를 살아야 할듯하다.

어느 대륙 어느 나라에 살고 어떤 언어를 사용하는 게 문제가 되지 않고, 자본시장이 블록체인 화폐로 일반화된다면,

뉴욕의 빌딩 런던의 토지도 지분으로 취득 가능하단다.

스미다란 프로에서 대학교수가 안내하는 모습 많이 생소하다.

좌파 우파 하며 잡아먹을 듯 쥐어짜는 세상도 서로 해 먹겠다고 으르렁대는 정치권도 세계화로 시장이 움직인다면, 조용해지지 않을까 싶다.

주식거래가 국제화로 치닫고 내 주변에서도 해외주식에 투자하는 세상이다.

징계처분

오늘은 유명인사로 대권 선호도 조사 1위로 국민 속에 떠오른 그분이 징계처분을 받을 거라는 바로 그 날이다.
모든 방법을 동원해서 쥐고 있는 권력을 버텨보려 안간힘을 쓰고는 있지만, 추 씨 성의 여성 장관에게 어쩔 수 없이 손들 거 같다.

욕심을 비우고 마음을 비우고 상대 맘에 내가서서 역지사지의 심정으로 세상을 바라보았다면, 이렇게까지 험한 상태로 마감되진 않았을 텐데…?
너무 욕심부리고 자기들 세계만을 고집하다 오늘에 이른 거 같다.
자기를 그 자리에 있게 한 그분의 마음은 얼마나 비참할까를 생각했더라면…. 역사에 기록될 징계는 남지 않았을 텐데.
모든 걸 누리는 자리 법으로 보장했던 그 자리, 손 댈 수 없는 그 직업도 공수처법이 완성되면 견제한다 야단이다.
무조건 반대편에 서는, 일부 언론과 야당의 마음도 우리는 살펴 가며 결과를 살필 수밖에 없다.

멋진 사회가 만들어지길

티브이 뉴스를 바라보며 징계처분이 나에게 무슨 의미가 스며들기에 관심 쓰고 지켜보는지…?
잘난 사람들 키재기에 온 국민이 서성인다.
공수처법이 통과되었으니 안정되고 공평한 사회 모든 사람이 똑같이 취급받는 멋진 사회가 만들어지길 바란다.
은여울 산자락에 쌓인 낙엽이 촉촉하다.
분명히 어젯밤 눈이 왔던 거 같다.
물안개 잔뜩 낀 강변, 백로의 움직이는 모습이 오리 때와 무리 지었다.
맑고 깨끗한 산속 기후의 변화에 민감하게 반응하는 시골의 내 모습,
얼마나 중요하면 문재인 대통령이 전 국민에게 기후 위기에 탄소 중립을 선언할까 싶다.
코로나 19도 자연재해로 느껴진다.
마스크 쓰고 공기 차단하며 험상궂은 분위기로 매일매일 살다 보니 너무나 지겹다.
목 칭칭 감고 머리에 털모자 푹 눌러쓰고, 한겨울 추위 속 모습 같지만, 목이 포근해야만 온몸이 안정되니 그 모습을 택한 거다.

웰 다잉(Well Dying)

사회복지학 저명교수가 아침마당에서 제시한다.
웰 다잉은 삶의 연속이다.
어떻게 세상을 마무리할 건지?
죽음에 대한 공포에서 삶을 마무리하기 위해선, 관계회복 재산정리 장례 모습 등 전문가로서의 여러 모습, 삶을 완성하는 아름다운 이야기를 나눈다.
언제 어디서 어떻게 죽음을 정할 수 있나?
20-30년 후…. 집에서…. 후회스럽지 않게…. 말한다.
많이 공감 가는 아침마당이다.
내가 노인의 입장에 벌써 들어섰구나, 싶다.
징글벨 울리고 하얀 눈이 날리는 멋진 날, 크리스마스이브가 오늘이다.
상상 속의 멋진 풍경을 생각해보는데…?
코로나 방역의 3단계 거리 두기가 하필 오늘부터 시행된다.
어둡고 답답한 체 마음만 즐거운 방콕일 거 같다.
산이 바람을 부르고 물이 흐르며 맑음을 전하고 푸른 송림이 맑은 공기 산소를 전해온다.
짙푸른 하늘엔 시뻘건 햇살, 나만을 위하진 않겠지만 따스한 오늘로 온기를 담아준다.

도전 꿈의 무대

꽁꽁 얼었던 강 위의 얼음판이 녹아내려 흐르는 물줄기로 변해있다.

아침마당, 도전 꿈의 무대에 특별한 출연자들이 나타나서 과거를 들먹이며 현재의 본인을 알린다.

이용식 황기순 김학래 김혜영 이호섭 등 출연진들의 어려웠던 과거사가 울컥울컥 마음 한구석을 잡아간다.

어려움을 딛고 일어선 과거의 모습은, 강물이 얼음을 녹이며 흐르듯 한 현재의 모습까지, 수없이 많은 인생역정이 있었음을 보았다.

세상을 살아가며 성장기의 어려운 시절, 결혼 후 신혼의 힘든 시절, 자식들의 학창시절 등 쉽게 쉽게 보낸 사람이 우리 주변에 과연 얼마나 있을까 싶다.

준비하고 노력하고 끊임없이 도전하며 세상과 마주치는 모습을 도전 꿈의 무대에서 찾아본다.

건강한 하루하루를 은여울산에서 만끽하며 시원함을 내뱉는 시간 가장 행복한 순간이다.

내리쬐는 햇살이 너무도 아름답다.

배움에는 끝이 없어

물안개, 이슬비 내리는 날에 주변을 모두 뿌옇게 한다.
옷자락이 눅눅하고 걷는 발길에도 이슬비는 쉬지 않
고 뿌린다.
은여울산 내리막 오솔길, 앙상한 가지에도 여기저기
방울방울 물이 맺힌다.
눈앞이 거의 가려져, 건너 멀리 산자락을 보기가 힘
들다.
미호천에 물끄러미 백로가 앉아있다.
움직이는 고기를 찾아 공격할 그 모습에 너희 고기
떼는 이미 숨어버린 거겠지?
숨고 숨으며 세상을 살아가는 인간들의 아우성도 같
은 이치리라.

세상사는 중생들께 삶의 지혜 즉문즉설, 법륜스님께
빠져든다.
난 아직 많이 깊어져야 한다.
배움에는 끝이 없구나.

청정지역 1번지

날씨는 풀렸다만 공기 중에 떠도는 먼지가 산 너머 저…. 멀리 산봉우리가 눈에서 멀어진다.
같이 움직인 이웃집 애견 뚝뚝이는 산을 다녀오자마자 미호천변에 엎드린다.
꿀꺽꿀꺽 마셔대는 모습에 많이 힘들긴 너도 인간과 다름이 없구나….
진달래꽃도 꽃피우려 몽우리 잡아가고, 집 언덕에 비탈진 곳 아름다운 산새도 여유롭게 쉬는 모습 동영상에 담아둔다.
집에 달린 바깥 창유리 벽에 머리 박고 떨어진 아름다운 새 모습에, 언짢은 맘 달래보며 봄이 오는 길목을 손꼽아 기다린다.

우수는 아직인데 봄비 온다는 예보가 눈에 잡힌다.

우한 교민이 진천 오니 대통령이 진천에 뜨고 유명 인사 여럿이서 내가 사는 곳 진천을 띄운다.
종로가 정치 1번지, 신종 코로나바이러스 마감 되고 나면 청정지역 1번지로 진천이 뜨는 건 아닐런가?
''한번 해본 소리''다.

시골버스

시골버스가 마을 어귀를 달린다.
손님 없이 텅텅 빈 채로 읍소재지로 움직인다.
행복 택시며, 느지막이 마을을 돌아가는 군내버스가
살기에 편한 시골 모습이다.
전깃줄에 나란히 앉은 여러 마리의 새들이 후다닥
후다닥…. 공중으로 오른다.
하얀 구름 그 모습이 세월호 리본처럼 해넘이 산등
성이로 그림을 그린다.
앙상한 플라타너스, 천문대가 자리한 곳에서 한적함
을 보여준다.
하늘에 비치는 나무줄기가 이쁜 모습으로 내 눈을
카메라에 옮긴다.
부족한 운동량, 만 보에 미달하여 마을회관 다녀오
니 3,000보를 더 걷는다.

뉴스판에 오늘도 신종 코로나바이러스가 화면을 뒤
덮고 정치판에 먹잇꾼들도 안간힘을 쏟아낼 뿐 그냥
안타까운 모습이다.
국민은 무덤덤하고 사는 걱정에 한숨만 쉬고 있다.

미국이 요란하다

대통령 선거 개표가 마감 직전에 트럼프 꼬락서니가 모든 걸 중지시킨다.

선진국 중 강대국인 미국에서 상상할 수 없는 정치극이 전개된다.

내가 아니면 인정할 수 없다는 심보가 너무나 눈에 띈다.

투표부정 개표부정 우편투표 사전투표가, 선거법에 있으니까 진행된 건데 통째로 부정하다니…?

세계인이 쳐다보고 각 대륙이 보고 있는 선건데, 상상할 수가 없다.

선거제도가 복잡한 건 이해가 되지만, 승자독식으로 주별 선거인 확정되면….

숫자 많은 쪽이 대통령 되는 오래된 선거제도에서 이번처럼 말썽이 일방적인, 그런 선거는 처음이 아닌가? 싶다.

너무나 지저분하다.

결과는 여러 방법이 있다니 법원에서 국회에서 어쩌고저쩌고 야단법석인데…. 두고보면 어찌 될까?

촛불집회 성조기 집회 무력충돌 아우성이 일어날성 싶다.

욕심이 부른 재앙

요 며칠 새에 산자락 모든 곳이 낙엽 천지로 둔갑하였다. 참나무 전나무 소나무에서 쏟아진 황갈색 낙엽이 지게질 어린 시절엔 불쏘시개로, 꽁꽁 묶어 짊어졌는데…. 땅바닥에 쌓여가며 모판흙으로 퇴비 되니, 풍족한 세상임이 틀림없다.
이해인 수녀
주변의 아름다운 얘기가 고스란히 시로 나타나서 읽는 나를 편하게 하고,
법정 스님
많은 걸 깨달았음을 말씀에서 풍겨내 주셨으니 가슴에 품고 싶은 말씀이 너무나 많다.
법륜스님
즉문즉설에서 호되게 나무라며 자신의 탓이려니 스스로 느끼도록 가르치신다.
다스 주인으로 이명박이 감옥으로 떠나면서….
죄 없음을 항변하는 걸 보면 사람됨이란 눈을 씻어봐도 보이지 않는다.
교회 장로, 전직 대통령으로 아주 아쉽다.
욕심이 부른 재앙인가 싶다. 은여울산 열봉에 앉아 내 머리를 털어가며 혼자서 웃는다.

한 씨네 가원

오늘 시작된 인간극장엔 한씨(韓氏)네 가원(家原)이 소개된다.

알래스카에서 살던 여자, 러시아에서 살던 남자가, 한국의 연천에, 8년 전에 심었다는 밤나무에서 밤송이를 따는 걸 보니, 자리 잡은 지 꽤 되어 보인다.

자연에서 살며 먹을거리를 생산하는 한 쌍의 부부, 57살 동갑내기 두 남녀를 그려내고 있다.

머리에 든 것이 많은지 모든 것을 자급자족하고 농기구 생활 기구를 스스로 만들어서 쓰고 있다.

원시인의 삶에서 배워 온 듯한 멋진 부부다.

온돌방에서 뜨뜻이 살고 들깨 기름을 짜내서 먹고 팔아 생활한다니.?

시골에서도 넉넉한 삶을 누릴 거도 같다.

도회지를 벗어나서 넓은 땅을 거느리고 풀 깎고 밤 따는 모습에서 나와 비슷한 모습도 일부는 읽어낸다.

스스로 농기계를 만들거나 조작하는 기술이 나에겐 없으니 다르다.

내일은 어떤 모습이 그려질지 자못 궁금하기도 하다.

자연에서의 멋진 삶 인간이 살아야 할 자연 속을 볼 거 같다.

원주 할아버지

인간극장에서 97세의 교장 은퇴한 원주의 할아버지
가 궁터에서 활시위를 당긴다.
근력이 좋으시고 시력 청력이 좋으시고 생각이 건전
하시니, 70대로 느낌을 준다.
허리가 꼿꼿하고 증손자들과도 의사소통할 수 있으
시니, 3년 전에 먼저 보낸 할머니와의 금슬도 엄청
좋았던 거 같다. 세상살이 별거 아니다.
많은 돈도 필요 없단다.
맘 편히 주위를 아우르며 즐거우면 된다 한다.
100세 인간이 이젠 입에 그냥 오른다.
억지로 살려 말고 되는대로 편히 살면, 자연스레
100세 인간이다.
콩이 누렇게 익어서 톱을 들고 콩을 벤다.
한참을 엎드려 일했더니 땀이 흐른다.
일하며 보람 느끼며 운동한다 생각하니, 즐거움이
함께 온다.
고구마 구워놓고 맑디맑은 가을 공기, 푸른 하늘에
서 쏟아진 공기 실컷 들이키며….
배추밭에 벌레는 오늘도 꼼지락댄다
배춧속이 노래 보이니 김장 시기가 다 온 듯하다.

우한 폐렴 신종 코로나바이러스

초평호 넘어 저 멀리, 아스라이 보이는 산자락을 훑
어낸다. 자연에 빠져든다. 너무 좋다.
사람 모이는 곳, 사람이 많이 사는 곳, 여기저기가
두렵다.
우한 폐렴 신종 코로나바이러스가 온 나라를 뒤흔든
다. 자가격리 상태에서 시골 사는 내 생활은, 그래도
안전하다.
크게 걱정 없이 사는 거다.
행복이 별거더냐?
먹고 자고 쉬면 되는 거다.
시아버지 장관 출신, 시어머니 교수 출신, 유명대학
출신 신랑에게 시집간 여자가 너라면?
행복하다 하겠느냐?
분에 넘치는 곳 거기에 맞추며 세상을 살다 보면...
신경 써야 할 이것저것이 얼마나 힘들 것인가?
내가 누리는 작은 행복은 곰곰이 생각해보며 찾아야
한다고, 법륜스님이 알려온다.
어느샌가 도인으로 변해간다.
진달래 꽃봉오리 피우려 몸부림치는, 은여울 정상에
서 한가함을 누리거라.

해낸 보람

꽁꽁 얼어붙은 미호천 물흐름 길, 춥긴 추운 모양이다.
꽃피고 새순 돋는 봄을, 시 세움 하는지?
계절이 바뀌고 봄이 진행되는 오늘도 가장 추운 영
하 10도를 넘어선다.
입가에서 훈김이 쏟아지게 입속 열기를 뽑아내며 도
착한다. 이렇게 기분이 맑다.
해낸 보람이 꼭 물질일 필요는 없다.
''내 탓이요'' 제 탓이 요를 뇌어가며 반성하는 가톨
릭 신자나, 즉문즉설에서 법륜스님이 중생을 향해서
설법으로 내지르는 말씀이나, 나를 돌아보며 모든
원인과 해결방안을 자기에게 돌리면, 만사가 해결되
리라.
많이 빠지며 귀를 기울이는 내 모습에서, 행여 잘못
살아온 건 아닌 건가? 되돌아보며 생각한다.
부모님께 조상님께 배우자에게, 자식들 친구들께 넌
잘하고 있었느냐?
자립심을 존경심을 강조하고, 스스로만 생각하며 무
심결에 내뱉은 적은 없었느냐?
만 보를 돌아보며 추운 오늘도 줄기차게 움직였더니
까마귀도 까아가악 정상에서 날 반긴다.

우한 폐렴이 뉴스화면을 도배

4, 15총선이 숨어든다.
어느 채널을 돌려봐도 마구잡이로 쏟아지는 그것이 뉴스로 나오더니, 어제부턴 내가 사는 진천이 떠오른다.
반갑지 않은 숨은 환자일지 모르는, 그 일행을 모아서 관리한다니 주변이 시끄럽고 걱정도 많을 수밖에 없다.
천안은 자국민이고 진천은 타국민이냐로 현수막을 걸고, 차별하는 당국에 원성이 많다.
환자도 아니고 격리하며 보름간만 지켜본다니, 크게 걱정할 것도 근심스러울 것도 없지만, 민가에서 동떨어진, 수없이 많은 시설물이 여기저기 보이는데, 급하게 안하무인 격으로 민가가 많은 곳, 아파트가 즐비한 곳, 일하기 쉽다고 모인 것이 판단 착오다.
멍청한 짓이다.
은여울에 난 그냥 오른다.
우한 폐렴이 산속에 있다 해도 내 길을 막을 순 없다.
파란 하늘이 돋보이고 낙엽 쌓인 오르막길 땀과 함께 오전을 지내는, 너는 행복한 거다며 자위하며 살아간다.

우사다

요즘은 텔레비전에서 진행하는 드라마 예능 코미디 오락 문화 건강 등 많은 내용이 여러 채널에서 쏟아져 내리고 있지만, 용어도 내용도 표정도 이해하기 난해한 부분이 날 당황스럽게 하곤 한다.

인터넷으로 검색하며 확인한 다음 아…. 그거구나, 느끼는 경우가 많다. 요즘 ''우사다''란 예능프로가 늦은 시간대에 방송되고 있다.

40대에서 50대 초반의 돌싱녀 5명이 세상을 보고 있는 요즘 여성들의 세상을 적나라하게 보여준다.

모델 아나운서 배우 탤런트 가수로 눈에 띄게 아름답고 초일류 인생길을 살아가던 여성들이다.

국회의원 부인 국가대표 축구선수 부인 재외교포부인 재력 있는 사업가 부인 등에서, 돌아서는 등 자기주장이 아주 강한 여자들…. 이다.

능력이 있고 어렵게 순종하며 살지는 않겠다는 강한 자신감이 돌싱녀로 돌아서서 우리도 사랑을 다시 할 수 있을까? ''우사다''로 프로그램을 소화하며 아이들 속에서 헤매고 있는 모성애 여자 본연의 모습으로 다시 사랑을…. 그려보는 많이 변한 요즘 사람들 하면서…. 산길을 내려섰다.

핀란드 총리

어제의 미세먼지는 온데간데없고, 쾌청하고 높고 푸른 하늘이 겨울인가 의심스럽다.
가벼운 옷차림으로 은여울산을 오솔길을 따라 오르고 내리며 등판에 땀을 느끼니, 하루의 일과를 끝낸 거다.
세상이 많이 변해간다.
여성이 세상을 지배하고 34세의 젊은 여성이 선진국 핀란드 총리로 자리 잡는다.
프랑스며 우크라이나 등 여러 나라에서 30대 최고지도자가 나서는데 우리는 100세 시대라며 노인만 늘어나고, 젊은 정치인은 찾으려야 찾을 수도 없고, 해먹던 구식정치인만
눈을 물리게 하니 이번 선거엔 확⋯. 다 바꿨으면⋯. 해본다. 욕심인가⋯?
젊고 신선한 바람이 해외에서처럼 회오리로 불어오길 기대한다.
진보니 보수니 모두 의미 없다.
살게 해주면 그쪽이 내 맘이다.
몹시 힘든걸 고스톱방 노인회에서 화투 치면서도 느껴본다.

김우중 회장

오전 내내 뿌연 날씨가 오후 들어 잠깐 햇살을 보인다.
미세먼지가 수도권과 충북에 가득 이라더니 온통 뿌
옇다.
운동을 해야 하는 맘 산으로 올라서니, 포근한 날씨
가 몸을 감싸주고 살살 불어주는 바람이 땀에 젖은
몸을 시원하게 적셔준다.
세계는 넓고 할 일은 많다던 김우중 회장,
치매로 폐렴으로, 연명 치료를 거부하고 가셨다.
생각이 남다른 그분을 어찌 잊을 수가 있을까?
존경스럽다.
개인재산을 털어서 세운 아주대 본인 병원에서 영면
하시는 모습에, 경의를 표하고 싶다.
젊은 청년들이 해외로 눈 돌리도록 마지막까지 힘쓰
는 열정이 대우의 이름으로 계속 이어지길 유언으로
남기셨단다.
멋진 분이시다.
남길 것 없는 한 분은 조용히 가셨고 남길 것 많은
두 분은 해결할 게 많아서….
벌떡 일어서야 한다.

촌놈의 아우성

은여울산으로 운동길에 나선다.
오는 길에 들깨밭을 살피니 깻잎은 먹거리로 끝이다.
잔뜩 꽃이 피고 줄기마다 열매 맺을 준비에 나비들
이 득세하며 더듬는다.

농산물은 항상 수확 시기를 따져야 효과적으로 결실
을 얻는다
인간 세상 모든 일도 때가 맞아야 성공할 수 있음과
같은 이치리라.
돈 벌 수 있을 때 집중한 사람 공부할 수 있을 때
열심히 공부한 사람.
때를 찾아 벼슬하며 누리는 사람.
가지각색의 인간집단을 살펴보노라면, 자연의 섭리
와 전혀 다른 게 없다.

할 수 있을 때 해야 하고 하고 싶을 때 해야만 후회
없이 살 수 있는 세상 규정을 깨달아보나, 이미 많
이 지나갔고 알려주고 살펴주며 자신을 결론짓도록
도와준 이가 없었으니, 그러려니 하며 몸이나 살피
며 살아간다.

한가위 명절 연휴

내일부턴 한가위 명절 연휴가 시작된다.
버스로 승용차로 능력에 따라 기차로 하늘을 나는
비행기로, 모든 수단이 동원되어 고향을 찾는다.

산에서 누워계신 조상님, 요양원에 누워계신 어르신
시골을 고집하며 땅을 일구는 부모님을, 찾아 움직
이는 아름다운 우리 모습이, 너무나 아름답다.

보름달처럼 밝은 모습이니 복을 찾아 움직이는 민족
의 대이동, 그 모습이 멋지다.

정이 넘치고 의무감이 앞서고 도리가 살아있는 추석
명절의 우리 모습에, 같이할 수 없는 딱한 사람도
수없이 많다.

그들의 마음에도 함께하는 너와 내가 되어준다면,
세상은 살만한 곳이리라.

우리는 우리 대로

아베는 아베대로 우리는 우리 대로, 기업인은 기업
인대로 농사꾼은 농사꾼대로, 제자리에서 자기 일에,
열심이면 세상살이는 풀릴 것이다.
자기 이익을 위해 무역도 하고 사업도 하고 소도 키
우고 농사도 짓는다.
누구를 위함이 아닌, 자기 이익을 극대화하려고 국
제간에 상거래도 있음을 알고 있다.
자기만을 위하고 상대를 얕볼 때는, 결코 끝장이 좋
지 않으리라.
날마다 떠들어대는 아베, 서울시 천막설치, 성 관련
이혼, 성매매, 자살소동, 힘 있는 자의 취업,
자기만 생각하는 단순함에서, 모든 것이 발생한다.
살피며 살아가고, 양보하며 돕는다면, 좋은 세상 멋
진 세상이 뉴스로 떠오를 텐데….
아쉬움을 느끼며 올라온 은여울산 다시 내려선다.
태풍은 지나갔다는데 비는 오늘도 부슬부슬, 밖에서
움직이긴 자연스럽지 않다.
산에도 못가고 밭에 가서 할 일도 어설프다.
집안에 웅크린 채 먹거리만 입에 대니, 몸뚱이만 부
풀어온다.

태풍 다나스

자연은 어마어마한 능력을 품은 인간이 극복할 수 없는 대단한 존재다.

비바람 천둥·번개, 바닷물에서 시작된 여름 나절 태풍, 쉬지 않고 찾아오는 악재 중 하나다.

비를 쏟아주어 가뭄을 메워주는 고마움도 있지만, 곱게 곱게 키워낸 시골 노인네의 농작물에 험한 모습으로 도달될 때는, 인간의 힘이 많이 부대끼기 일쑤다.

지금 진행 중인 태풍 다나스는 센 거 같지는 않더구만 예쁜 꽃밭을 힘껏 밀어댄다.

끈으로 쐐 막대로 미리 준비는 해뒀으나 성장이 아주 잘 되어 키가 나보다 높은지라, 버티는데 한계가 있다. 현 상태만 유지해주면 너무나 좋으련만….

빨리 지나가거라.

자연의 아름다움을 당신의 멈춤에서 느끼리라.

바닷가에 사는 분도 이겨내고 지내는데 바다가 없는 내륙에서, 지나가는 미풍으로 태풍을 이겨보자.

산에 가는 일정도 오늘은 포기한다.

아름다운 꽃 속에서 허덕이던 아침나절을 조용히 생각하며….^^--.

이사

이사는 이삿짐 센터가 하고 전문가 서너 명이면 그 많은 짐을 포장해서 그대로 옮겨준다.

돈이 좋긴 좋은 거다. 돈 주면 안되는 게 없는 세상, 인터넷 텔레비전도 그냥 설치해주고, 통신장비 일체도 뚝딱뚝딱 마무리한다. 전문인은 꼭 필요하다.

정치한다고 떠드는 인간들만, 쓰잘머리 없는 집단이고 분야별로 열심히 사는 여기저기 모든 이가 우리에겐 필요함을 절실히 느낀다.

오늘은 대전에서 진천으로 50층에서 2층으로 살림을 옮기는 날. 이사한 지 15개월 만에 시골살이 그리워서 원상 복귀하는 그런 날이다.

행사처럼 이사하다 보니 익스프레스 단골 센터 사장님 왈 또 이사요…?

밭 농사짓고 시골에서 할 일이 많아 제자리로 돌아서니, 빈집에 이삿짐 채우는 쉬운듯한 이삽니다 했더니, 그래도 너무 자주 이사하십니다.

우리야 일 줘서 좋지만 힘드신가 봅니다.

세상 살기가 쉽지 않아 도회지에서 시골로 주저앉는 거랍니다. 세월이 좋아지면 살기 좋은 도시로 다시 움직이려는데….

링링

빙빙 도는 기분이 드는 13호 태풍이 이름부터 으스스하다.
시속 150km 이상의 강풍이 휩쓸고 가면 얼마나 많은 재산피해가 나타날까…?
자연재해가 거의 넘어가는 바다가 없는 내륙, 충북의 생거진천에도 무서움이 앞선다.
요즘은 나라를 움직이고 분위기를 잡아가며, 여기저기 쑤시는 존재가 수없이 많은 언론이다.

말도 많은 조국 청문회를 귀에 담아보려 자세히 들어보니, 국회의원 즉 국민의 대변인이란 그 존재가 불쌍해 보이기도 한다.
언론에서 주워 담은 후보자 가족 관련 표창장 봉사활동 논문 등, 입시 관련해 여러 모습이 특혜받아 특수층으로 진학하는 현실을 개탄할 수밖에 없다.
공부 잘해 대학가고 똑똑하면 출세하던 우리 시절과는 사뭇 다름에, 시대에 뒤떨어진 나 자신을 느껴본다.
잡은 권력 유지하고 잃은 권력 되찾으려, 감언이설 뒷조사 등 모든 수단이 동원된 요즘 세상을, 우린 눈감고 먼 산 보면 되는 거 아닌가…?

야구 보는 재미

언제 쏟아질지…? 중심이 잡히지 않는 요즘 날씨다. 엄청난 비가 쏟아지다가 언제 그랬느냐고…. 햇빛이 드리우기도 하고, 변덕이 너무 심해 마당에 말리는 행위는 그 어떤 것도, 아예 해서는 안 된다.

동남아는 겨울이 없이 시도 때도 없이 덥고 순간적으로 비도 내린다더니, 사시사철이 분명하다는 한국 날씨가 여름이 엄청 길고 봄과 가을은 잠깐이다.

요즘은 야구 보는 재미가 아예 싹 사라졌다.

두들겨 맞는 류현진이며 왕년에 제법 하던 기아 한화가 꼴찌에서 키 재기 하는 꼬락서니가 내 고향 편들기를 머리에서 아예 지운다.

차라리 핸드폰 야구게임이나 배워서 즐겨야 할 듯도 하다.

밭 언저리에 심어둔 노란 콩이 엄청난 콩을 달아매고 자라고, 수수알맹이가 새 밥이 되는지 망을 씌워 덮어둔 야박한 시골 모습을 찍어봤다.

은여울계곡 미호천은 흙탕물이 고여서 파란 물색은 아예 없고 진흙탕 물만 여유 있게 흐른다.

은여울산 오솔길에서 내가 흐른 땀방울이 미호천으로 흘러갈까…? 그냥 해본 소리다

무자식 상팔자

어른들 말씀이 살다 보니, 눈에 확실하게 꽂히는 틀리지 않는 얘기다.

정치하는 똑똑한 사람들 누구 하나도, 자식들 때문에 머리가 흔들리지 않는 이 없는 거 같고 욕심을 버리지 않는 한 어느 집에도 모두 맞아떨어지는 무자식 상팔자는 상존한다.

자식이 있어서 무자식보다야 여러 면에서 존재의 가치가 더 하기도 하겠지만, 반려동물과 생활을 같이 하며 혼자 살거나 무자식으로 둘이서만 사는…. 많은 사람을 보다 보니 그들의 판단이 맞구나하고 종종 생각해본다.

비 올 듯이 우중충한 날씨가 이어진다.

갑자기 쏟아지는 소나기가, 가을걷이 후 여기저기에 말려둔 이것저것을 대피하고 살피느라, 맘 놓고 어디 가서 편히 지내기도 거북하다.

땀 흘리며 은여울산 오르는 오늘은 유난히도 힘에 부친다.

혼자서만 걷다 보니, 매미야…!!

너마저 조용하면 내가 너무 적막하잖니?

거미줄

산을 오르느라 다리운동을 하면서 숨쉬기를 하노라
면, 맑은 공기 산소 많은 숲속 아침에 내가 거미 밥
으로 걸려든다.
두 손을 헤쳐가며 땀을 훔친다만, 끈적거린 거미 덫
에 상당히 곤혹스럽다.
은여울산 첫 손님은 반드시 겪어야 한다.
거미줄과의 입씨름을 귀한 분이 가신 뒤에 방송 매
체를 타고 나온 많은 얘기에 귀 기울여본다.
10년 전에 가상유언도 존재하고, 살기 위해 자영업
에 임하면서 사사건건 법과 부딪히며, 고민스러운
하루하루를 보냈음도 엿보인다.
세상살이는 결코 쉽지 않음을 느낀다.
말깨나 하는 사람들이 정치인이란 이름을 걸고 자기
그릇을 챙기려, 요리조리 그릇 싸움하며 상대를 짓
누르는 억지소리를, 곁눈질하며 티브이 시청하는 국
민은 다 알고 있음을 알기는 하는 것인지?
소소한 우리 모임에도 모임의 장이 있고, 그 모임을
굴리는 조직이 있는데….
봉사만 요구하니 그럴 리야 없겠지만 괜히 한번 넋
두리를 늘어놓아 본다.

개천에서 용 난다

어려운 형편에서도 머리 하나 똑똑하면 출셋길로 들어서면 개천에 용(龍)난 것으로 표현하며 부러워하던 그 시절이 있었다.

요즈음은 하늘이 내려야 학교도 들어가고 취업 길도 이어가고 시집 장가도 갈 수 있는 가장 중요한 출셋길이 배경이라 불러야 할듯하다.

의전원 약전원 법전원으로 출셋길을, 돈 있고 힘 있고 부모 잘 둔 집단으로 나란히 나란히 세워가더니, 청문회 정국에서 크게 주목받고, 대학가 촛불집회에서 국민이 느끼게 한다.

논문이, 입학 사정 취직 길 등락 사정에 필요한 요건으로 적용되고 면접이란 인위적 장치가, 최종합격으로 판가름을 결정하다 보니, 글도 잘 쓰고 아는 것도 많아야 하고, 조금 부족하면 잘난 부모를 하늘이 내려야, 개천에서 용 난 자식으로 등장하는 시절이다.

세상을 바라보는 텔레비전 화면이 역겨워서 그냥 숨었으면 하는 세상, 조용히 조용히…. 사는 시골 사람은, 은여울산에서 매미하고 놀면서 등에 흥건히 땀이나 흘린다.

오늘이 제헌절이다

7월도 어느 사이 절반을 넘겼고 며칠 있으면 대서고, 입추가 임박하니 가을을 바라본다.

배롱나무 흰 꽃이 넘실거린 지 한 달여가 지나갔고, 고개 숙인 이른 벼가 참새떼를 맞이하는지 새 쫓는 총성이 골짜기를 울려댄다.

전남에 대표적인 정치인이 보성에서 계속 나왔다.

황성수 정성태 이중재로 이어온 전남 보성의 뿌리 중 어제는 정♡♡분이 삶을 극단적으로 마감했다.

정성태 씨의 조카요 출신은 서울로 표시되나 뿌리는 전라도인 아까운 분이 떠났다.

진보 보수로 떠들며 방송프로에서 바른말로 대변하던 보수 논객이, 살기 위해 횟집까지 개업하더니, 앞으로 큰 정치를 할 것처럼 보였는데….

맘을 접은 사유가 도대체…. 뭘까 싶다.

석 달 열흘을 핀다는 배롱나무꽃이 넘실거리냐면, 한나절도 못되어 꽃 순을 접어가는 달맞이꽃이 있고, 내가 바삐 꽃 순 따는 하루살이 그 꽃, 황금 해바라기도 있다. 인간의 삶도 순간적으로 변할 수 있고 많은 걸 생각하며 우울증에 시달리고, 극단적으로 가게 됨도 많이 보게 된다.

신앙생활

일터가 없는 은퇴인으로 소일하는 하루의 시작이 은여울산 숲길 걷기가 이젠 생활 일부다.

땀 흘리며 오른 길 정상에 앉아, 밭에서 따온 토마토와 오이를 들이킨다.

집단 따돌림현장을 느끼는 사회의 일부를 요즘 느껴본다.

신앙생활은 존경받아야한다

나를 지탱시키고 뭔가에 마음을 가다듬는 계기가 될 수 있고 잡념 없이 몰입하는 데는 그보다 좋은 다짐이 있을 수 없음을 많이 느낀다.

결속하고 아우르는 종교단체는 이젠 사회의 큰 기둥이다.

일터에서 일하는 메일도 종교 생활 때문에 얽매이며 고집스러운 모습을 보인다면, 조직사회에서 따돌림되고 혼자만 잘난체하는 것으로 주변인들이 인식하고, 결국은 직장에서 낙오되는 현장으로 돌아온다.

힘든 모습을 주변에서 느끼며 안타까워 해본다만 세상살이가 쉽지 않구나, 많이 탄식한다.

나마저 따돌렸던 그 생각을 고쳐보며 내리막길을 걷는다. 많이 미안하구나.

운동은 나의 일과

은여울산 오르막 내리막길과 수목원 쿠션을 느끼며
많은 생각을 머릿속에 그려본다.
운동은 나의 일과일 뿐이다.
은여울산 정상에서 땀을 쫓는 모기와 씨름을 한다.
새로운 농산물에 관심을 쏟아부으며 금화규의 노란
꽃에 고마움을 표시한다.
소개로 소개로 몸에 좋다는 농작물인지 약초인지….
씨앗을 구하고 포토에 심어보고 직파도 해보고.
많은 것을 겪으며 키를 키웠더니 꽃을 맺어주고 연
한 잎을 따게 하고 차도 먹고 얼굴에 팩도 하고 꽃
을 따서 꽃차도 준비하고 할 일이 너무 많다.
등에 시원함을 느끼며 내리막 오솔길로 되돌아선다.
은여울산 그길로. 모임이 있고 예식이 있고, 손자 손
녀가 오고 세상살이 바쁘다 바빠.
식물은 그 자리에 뿌리를 내리면 수명이 다할 때까
지 모든 걸 그 자리에서 마무리한다.
동물과 인간은 역동적으로 움직여야만 비교우위를
점할 수 있다.
부지런히 움직이며 오늘을 시작한다.
살기 위함이다.

권농일

권농일이 6월 10일. 모내기 절정 시기에 권농일이 끼어있었다.

중부권 충청도에 살다 보니 5월 중순이면 모내기가 거의 끝나고 기계화된 농사일이 농지 정리된 네모진 논배미를 훑고 지나면 어느샌가 벼가 심어지고 7월에 들어서니, 논 자락에 짙은 초록 벼가 초원을 이룬다.

초평호를 지나 집에 오는 길에 차에서 내리고 혼자 걸었다.

논두렁에 벼며 꽃까지 핀 담뱃잎을 바라보며 길가에 늘어선 자귀나무 멋진 꽃 속에 호랑나비가, 들랑거리는 한가한 시골길을 운동 삼아 걷는다.

언덕길 주변에 수없이 늘어선 산딸기를 바라보며 그냥 지나치기엔 아쉬움이 남는다.

여기저기 훑어서 입속에 머금으며 복분자보단 단맛이 덜하고 빨간색으로 익어가는 색감이 검은색으로 익어가는 복분자완 닮은꼴이지만, 아주 다르구나 크게 느껴본다.

복분자를 마당에서 키우니⋯. 알 수밖에 없다.

초평호를 배 타고 넘어간다

쥐꼬리 명당이라는 붕어찜 전문 호숫가 음식점이 섬
에 위치한다.
데크길 걷다가 전화로 연락하면 배를 타고 마중 나
온다.
물살을 가로질러 잠깐이면 건너간다.
호숫물이 삥 둘러있고 쥐꼬리 모양의 기다란,
등나무 언덕에 가설 지붕을 얹어두고 그 밑에 자리
잡고 식탁을 비치하여, 호수를 바라보며 야외 강바
람 쏘이며 음식을 먹는, 배 타고 가야만 도착할 수
있는 특별한 음식점이다.
붕어 메기 닭을 재료로 노인세대가 음식점을
운영한다.
섬의 소유권으로 위치의 특성을 살려 음식점으로 세
상을 엮는 그런 집이다.
특이한 장소일뿐 원하는 만큼의 먹거리가 제시되지
않는다.
방문한 것으로 즐거움을 나누는 그냥 그렇고그런 장
소임에, 많은 아쉬움이 남는다.
배를타고 돌아나와 진천 명물 하늘다리를 건너며
오늘의 걸음걸이를 바쁘게 마감한다.

좋은 먹거리

''농업을 전공한 것도'' 아니면서…. 맑은 공기 좋은 먹거리가 내 몸을 살리는 걸 느끼며.
블루베리 한 움큼 복분자도 여러 개 오디는 입안 가득 시골 노인의 먹거리다.
시골살이 풀에 지쳐 오르막 마당에 잔뜩 심어둔 과일 숲에서 오르락내리락 걸어가며 따먹는 재미에 빠진다.
사과도 몇 알이 눈에 띄고 감나무에서 감꽃도 떨어져 내린 것이 가을 감도 홍시 되면 맛있을듯싶다.
사슴 키던 빈 막사에 상치를 심었더니 하도 많이 자라는 통에 밑자락을 걷어내기가 많이 힘에 부친다만, 밥도 없이 된장도 없이 씻은 후에 입에 넣고 오물오물 씹는 그 맛 상큼하고 부드러운 기분,
느끼고 싶지 않은가요?
이따금 달팽이도 입속에서 접해보고, 풀 부스러기도 느끼지만, 그냥 무시한다.
소나 토끼도 아니면서 상추에 맛 들이니 내 몸속에 기름기는 더 쌓이진 않을 거다. 계산하고 살아간다.
앵두로 대청소하고 풀잎을 뱃속에 담아 배부른 내 모습, 이만하면 살만한 자연인의 삶이 아닐까?

앵두

앵두 하면, 빨간색으로 익은 다음 입에 넣고 오물오물 씨를 뱉으며 먹는 과일이다.

한 움큼 따서 입에 넣고 먹어보면 달고 시원한 그 맛이 온몸에 전해온다.

이쁘고 뽀얀 입술을 간직한 여자를 일컬을 때 앵두 같은 입술의 누구라면 싫어할 사람이 없다.

이 앵두를 수확하느라 앵두나무에 찰싹 붙어 먹어가며 큰 바가지로 한가득 훑었다.

농약도 한 적 없고 유기농 과일 그 자체인 우리 집 재래종 앵두는, 숙변 제거에 엄청난 효험을 나타낸다.

내시경 검사를 할 때, 물먹고 약 먹는 그런 효과가 앵두를 먹고 나서 2-3시간 후면, 시원하게 빠진다.

좍좍 빠지면 숙변인걸 그냥 안다.

대단한 효과다. 앵두라고 다 그런 건 아닌 거 같다.

우리 집 그 나무만 독특한 효과가 있어, 보물처럼 아낀다.

씨까지 씹어먹어야 효과가 있는걸 보면 앵두 씨가 기능을 한 거 같다. 20여 년을 효과 보며 장 청소한 경험자니, 의심은 없다. 어제저녁 화장실 문턱을 신나게 밟았더니 2kg이 날아갔다. 기분이 너무 좋다.

Part 6

걸으면서 생각하기

해외 여행기

해외여행

즐겁고 멋있는 세상사는 일 중의 하나다.

우리와 다른 세상 여러 곳의 삶을 눈으로 보고 귀로 듣고 배우고 느끼며 보탬이 되는 우리의 길이 열린다면 여행목적이 다져졌다고 생각할 수도 있다.

그저 즐기느라 남들 가니 따라나선다면 이건 낭비고 허세일 수도 있다.

비행기 타느라 투어용 차 타느라 힘들게 움직이며, 목적지를 향해 계속 움직이지만, 종교시설에서

역사를 보고 관광명소에서 눈으로 아름다움을 느끼고 휴양시설에서 잠시 편함을 느끼면서도 몰려다니는 한국인들을 식당가나 호텔 뷔페에서 단체로 움직이는걸…. 보니, 이건 아니다, 많이 느낀다.

그들의 삶을 들여다보고 배워야 하는데,

여행이니 여행사의 돈벌이에 동원되는 그런 느낌만을 찐하게 느낀다.

환갑 때 가슴 뛰며 최초로 기념 여행 갔던 내가 살아온 그 길을 되돌아보며…. 올해 들어 정신없이 나 돌아본 요즘을 많이 반성해본다.

내가 사는 여기 시골 사는 현재가 너무 행복한 건 아닌가…?

가족여행(2019.6.2.)

베트남 소재 다낭을 향해 가족여행을 떠난다.
큰아들네 가족 4명이 부모님을 모시고 풀빌라 렌트
한 고급스러운 여행을 마련, 몸만 따라가는 호강스
러운 여행길을 진행한다.
3월에 다녀온 다낭이지만 손자 손녀 아들 며느리와
함께한 여행을…. 하니 자유스럽고 보람차고 지식
둔 보람을 은근히 느끼게 된다.
패키지로 떠난 집단여행과는 분위기가 사뭇 다르다.
대전에서 오송역에 도착 주차한 후 Ktx로 광명에
20여 분 만에 도착한 후 인천공항에 50분 소요 베
트남 국적기로 대낮에 움직인다.
귀여운 손주 녀석들 이젠 다 자랐구나.
다낭에 도착 가이드를 만나고 해변에서 멋진 음료로
분위기를 엮은 다음 숙소인 풀빌라로 옮겨서니 여긴
궁전이다.
주변이 멋진 숲이고 3층 빌라로 최고급 시설을 갖춘
엄청난 규모의 휴양시설이다.
냉방이 확실하고 객실별 분위기가 고급스러운 호텔
급으로 몇 걸음 걸어 나가니 해운대 못지않은 해수
욕장으로 몰려든 인파가 인산인해다.

다낭 도착 후

풀빌라에서 1박, 새벽 5시에 해변으로 나선다.
조용하겠지? 내 생각은 완전히 벗어났다.
월요일 새벽 시간인데 모랫가 해변 및 바닷물 속으로 즐기는 인파가 엄청나다.
계산이 안 된다.
새벽 시원한 시간에 쉬었다 출근하는지?
오토바이도 엄청 멈춰섰고.
풀빌라를 한 바퀴 돌아서 여기저기 돌아보고 해변 모래톱도 밟아보며….
운동량도 채우며 야자수 그늘에서 코코넛 열매도 훔쳐본다.
열대지방에서 상록수로 피어있는 수없이 많은 꽃도 검색하며 즐거움을 만끽한 후, 숙소로 돌아와
식전에 풀장에 들어가, 개구리 모양의 내 수영폼을 상상해보라.
패키지 여행에서 벗어나니 시간이 여유롭고 손자 손녀와 풀장 여유도 즐기고, 오행산 수산 쪽으로 12간지가 입구를 지키는 대리석 석굴을 점령한다.
지옥행 길목을 더듬어 천당 길은 다음으로 미룬 체 조심조심 더듬어 지나온다.

호이안으로 자리를 옮겨 일본인이 16세기에 건설한
다리를 건너, 인력거에 탑승하여 호이안을 일주하며
원달러의 팁으로 호강을 누려본다.

서양사람이 많이 보이는 호이안에서 유네스코 세계
문화유산 느낌을 받아보며, 상술 좋은 중국과 일본
의 세상살이를 바라본다.

도자기 마을에서 자기 띠의 선물을 받아들고 투본강
을 시원하게 건너면서 다뉴브강의 참사를 머리로 그
려본다.

힘든 오늘을 마치면서 서둘러 숙소로 달린다.

아내 칠순도

아침 일찍 둘이서 해변으로 나선다.
가는 길에 넓고 깊은 풀장을 구경하고 풀장 앞으로
대형 비치 파라솔과 쉼터용 의자를 나열해둔 멋진
곳을 발견했다.
인도양을 바라보고 쉴 수 있는 해수욕장의 비치 파
라솔 대열이 풀빌라 방문객용 전용시설이다.
모래톱이 너무 곱고 바닷물 속이 엄청 넓게 평면 경
사도를 유지한 지상 최대의 해수욕장인 듯, 아마도
하와이에 버금가는 멋진 곳인 것 같다.
새벽부터 몰려든 인파가 알고 보니, 장시간 진행되
는 전 국민 휴식 기간이 요즘이라고 가이드가 안내
한다.
바닷물 속에 들어가 인도양을 느껴보고 행복한 순간
을 맛본다.
저녁 식사는 해외여행 중 엄마 칠순을 근사하게 진
행해본다고 멋진 해산물 랍스타 연어와 소고기 돼지
고기 양고기에 각종 요리늘 전문요리사를 불러 써비
스맨의 대접 속에 평생 처음 찐하게 먹어봤다.
구운 바비큐 요리며 익힌 조개 등 상상할 수 없는
멋진 음식에 여행을 멋지게 마무리 하는 거 같다.

다낭에서의 끝날

아쉽긴 해도 여정을 마무리하고 떠나야 한다.
아침 바다가 아쉬워 해변을 걷는 것으로 오늘 운동
을 정리한다.
대부분이 베트남인이고 타국 사람은 잠에서 아직인
듯 드문드문 보인다.
가는 길에 바구니배 주변 사람이 몰려있다.
고기를 잡아 온 어부가 게 간자미 오징어 등 낯익은
모습의 고기를 수확한 걸 본다.
신혼여행차 하얀드레스 차림으로 먼바다를 배경으로
촬영하는 모습도 눈에 띄고, 길로 나와 걷다 보니
화려한 장의행렬도 보인다.
지위가 있고 거창한 분인 듯 승용차 위에 부처님
동상을 모시고 따르는 차량이 제법 많다.
나라는 달라도 인생 행렬이 크게 다르지 않음을 느
껴본다.
모래톱을 밟는 운동은 평지보다 운동량이 배가된 듯
90분 걸었는데 땀 범벅이 되었다.
숙소단지에 들어서니 야자수로 늘어선 그늘이 너무
나 맘에 든다.
꽃길을 살피며….

3박 5일의 가족여행을 마무리

다낭에 있는 성당도 다녀왔고, 원숭이가 움직이고 대형분재로 단장해둔 절에도 다녀오며 돌아오는 마무리과정에서 힘든 일정을 보내야만 했다.
일행 중 2명이 몸이 움츠러들고, 구토 설사에 한기를 느끼는…. 고약한 순간을 이겨내야만 했다.
다행스럽게 인천공항에 도착하여 여행을 마무리 한다.
모든 부분을 준비하고 안내하고 즐거움을 주기 위해 차분하게 여행 준비해준 며느리와 아들에게 내 마음을 전한다.
너무 고맙구나.
같이 움직이며 다 자란 모습으로 할머니 할아버지와 정을 속삭인 두 녀석.
너희들 보며 건강하게…. 뜻있는 나날 지내겠다.
가족여행에서 얻은 것 느낀 것 삶의 가치로 보관하고….
한참 동안 머리를 떠날 것 같지 않는구나.^^-^^♡

크루즈여행(2019.5.12.)

대전에서 속초로 롯데관광에서 관광버스 4대가 속초 크루즈터미널까지 금왕휴게소에서 쉬고 홍천강 경치 좋은 휴게소에서 다시 휴식을 취한 후 크루즈터미널에 도착한다.

전국 각지에서 버스로 이동되어 2,800여 명이 이번 여행 일행이다.

가이드마다 30여 명씩 담당하고 외국에 입국하는 절차나 똑같은 시스템에 크게 혼선은 주지 않으나

선내에서 카드는 신용카드 등록된 후에 사용 가능하여 등록시간이 많이 소요된다.

6시가 넘으니 배가 공해상에서 러시아 쪽으로 움직인다.

미동도 하지 않는다.

12만 톤이 넘는 11층짜리 대형선박에서 계단을 오르내리니 하루 운동량이 11,968보 8.52km 요리조리 옮겨 다니며 공해상에서 바다도 살펴보고 공연하는 곳 게임을 하는 곳 술 마시는 곳을 헤매며 오늘을 지낸다.

와이파이도 가동되지 않고 사진만 찍어 저장한다.

뷔페식당에서 시작된 오늘

엄청난 식객에 밀려 자리다툼에 힘든 시작점이다.

창가에 파란 바다가 너울거리는 그쪽은 얌체족들이 미리 잡고 꿈쩍도 하지 않는다.

어제저녁의 코스요리에 비교하니 먹거리가 훨씬 좋다.

12층 선상에서 바닷바람을 차갑게 느끼고 서서히 내려선다.

9층에서 창가에 앉아 멀리 파란 태평양을 느끼며 힐링의 순간을 느낀다.

이런 맛이 크루즈 여행 그 자체구나.

여기저기 포즈에 바다를 배경으로 열심히 찍는다.

뒤쪽에서 농구공을 바스켓에 넣는 게임이 요란하다.

골인하면 선물이 돌아온다.

요리하는 모습이며 여기저기에서 끊임없이 게임을 하는 모습도 눈에 띄는데….

일행을 놓치고는 모습을 찾아내기 무척 힘이 든다.

숙소로 돌아와 침대에서 쉬는 여유….

일행이 올 때까지다.

점심 차 객실에서 9층으로 옮겨가니 그사이에 러시아 블라디보스토크에 도착하였다.

웅장한 건물이 항구에 즐비하고 군항으로의 존재감

도 대형 군함이 정박한 거로 입증된다.

서해대교처럼 높은 사장교도 보이고 날씨도 포근하여 여행에 좋은 날이다.

곧 러시아로 입국할 예정이다.

도로에 움직이는 차량도 많이 밀려간다.

언덕에 보이는 아파트는 소형 서민 아파트로 보인다. 창틀 규모가 작다.

블라디보스토크 러시아 땅을 밟는다.

두만강 위로 지도상에 이북과 연결된 러시아의 군항이었던 그 항구 블라디보스토크에 내 두 다리를 얹었다.

98년도부터 우리 부산과 연고를 맺은 러시아 동북쪽 항구다.

무역항이 되기 이전엔 군사기지로 유명한 그 항구에 도착하니 대형 군함이 3척이나 정박 중이고 5.9일이 독일에 이긴 전승 기념일이라고… 군인들이 쏟아져 나온다.

정교회성당을 돌아 서해대교 모습의 사장교 금각교를 내려다보는 독수리 전망대에 올라 주변을 살펴보고 모스크바 거리를 본떠놓은 아르바트 시가지를 지나며 광장에서 쉬며 즐기는 아름다운 남녀 모습에 취했다.

바다가 보이는 곳에서 유턴하여 기념품점을 거쳐 2
차대전 해상전에서 46척의 잠수함을 격침한 C—56
잠수함을 전시된 곳에서 눈여겨보며 2차대전 독일과
의 전쟁 시 전몰된 장병 유적에 엄청난 꽃다발이 쌓
여있음에 러시아의 국민성을 생각해본다.

육지로 임한 러시아 많이 지저분하고 2-30년 전 우
리 모습으로 크게 발전이 예상되는 그런 곳이구나
생각된다.

어버이날 즈음

크루즈선 코스타선상에서 엄청 많은 노인과 뷔페식
당 아침을 다스린다.
유달리 노인이 많음은 아무래도 어버이날 즈음 아이
들이 여행을 부담한 느낌이다.
스스로 결정한 우리 여행은 성당 가족 단체여행이다.
러시아에 정박 중인가 했더니 어젯밤 잠자리에 든
사이 일본 오타루 쪽으로 배는 진행한 모양이다.
아침 햇살에 찬란한 태평양을 내려다보며 찻잔의 추
억을 담아낸다.
바다에 떠서 차 마시는 그 모습은 환상 자체다.
크루즈선 코스타의 규모가 12만 톤 앞뒤로 289m이
고 옆으로 60m의 큰 배로 구석구석을 훑기 전엔
풍경 좋은 곳을 못 보는 경우가 있겠다.
배 뒤편 9층에서 스크루 돌아가는 물결 흔적이 하얗
게 줄을 잇는다.
저 멀리 끝이 없고 잔잔함이 유지되는 걸 느껴보니
아마도 수심이 엄청 깊은 것 같다.
하늘에 하얀 구름은 크루즈 선박이 지나가는 아름다
운 모습을 내려다보고 크루즈 뒷면에서 하얀 물결을
바라보는 위담. 너는 한없이 한가함을 느끼는구나.

배 지난 뒷자국 하얀 물결이 저렇게 멀리까지 하얀 색으로 남는 이유가 도대체…. 설명되지 않는다.
엔진이 몰아친 물결이 바닷속 깊이까지 휘저어서 그런 건가?
하늘은 연한 남색 바닷물은 짙은 남색 저 멀리 수평선은 구름에 테 두른 듯 하얀색 색감이 어우러진 바다 한 중앙에 내가 앉아 실컷 느낀다.
''여유와 개운한 내 마음을''
힐링이란 단어가 이거였구나~~^^
점심을 때우곤 크루즈선을 탐방한다.
9층에서 8층으로 7층 6층을 복도로 걷는다.
길이가 250m이니 한 바퀴 돌면 500이 넘는다.
객실을 헤아리니 한 층에 522객실이고 7층 짝수 쪽엔 구경하는 방이 3개나 비치되었다.
바다가 창 쪽으로 보이고 베란다엔 의자와 간이침대가 준비되었다.
5층엔 빠찡꼬를 비롯한 짹펏게임이 요란하고 환호와 한숨 소리가 여기저기에서 들려온다.
도대체 알 수 없는 여러 개임에 놀음 문화가 이어감을 기계 앞에 앉은 사람 수로 짐작이 간다.
1.2.6.7.8층엔 객실이 나머지 층엔 면세점 식당 놀이시설 등이 꽉 차 있다.

객실 있는 5개 층을 완전히 돌고 숙소에 들어왔으니 11층에서 1층까지 모두 걸어서 완주했다.

10km는 넘게 오늘을 걸었으니….

현재 18,680보 14.27km 682kc 소모되었다.

크루즈선 코스타는 이탈리아 선적으로 식당 및 청소의 모든 용역이 인건비가 저렴한 중국인이고 게임을 끌고 가는 일부만 유럽 쪽 사람이 근무하여 소통이 되지 않는 손발을 다 쓰는 한국인 여행객 모습이 가관이다.

저녁 식사 시간엔 와인과 소주로 일행들 모습들이 사뭇 들뜬다.

무도장에 들러 복장 갖추고 리듬에 맞춰 남녀가 멋진 모습의 춤사위를 보여주기도 하고 게임 규칙에 따라 종업원들과 신나게 흔들며 최종까지 남으면 상품도 접수한다.

노래방에 들러 열창을 쏟아내며 제멋대로 흔들다 보니 어느새 잘 시간이….

이렇게 해서 오늘을 마친다.

오늘은 일본 입국하는 날

아침 식사시간에 오타루 항에 접근하니 육지의 모습이 눈에 들어온다.

선진국의 도시 모습이 러시아쪽 블라디보스토크와는 사뭇 다르다.

북단에 있는 홋카이도 지역이라 산 정상엔 하얀 눈이 쌓여있고, 만년설은 아닌 거 같은데 5월 중에 쌓인 산 위의 하얀 눈이 어쩐지 낯설어 보인다.

오타루 항에서 입국신고 후 걷는 여행을 즐긴다.

대형 할인점도 들려보고 소형 점포도 돌아본다.

대체로 값이 세다.

점포가 커지면 화장실도 갖춰졌고, 도로변에 점포는 문 열고 들어서야만 매장이 나타난다.

한국의 길가 점포와는 지켜지는 상가 질서가 매우 다르다.

도로변 정리정돈이 너무나 깨끗하고, 휴지 한 장 꽁초 한 토막도 눈에 띄지 않는다.

깨끗함이 몸에 밴 선진국다운 그 모습에 긴장해야 할 우리 모습이다.

운행차량 대부분은 소형차이고, 손수레 여행. 자전거 여행. 인력거여행 등 여기저기에서 손님을 호객하는

데, 우리네 택시 타는 거보다 훨씬 비싸다.

2km대인 20분 가는데 3,000엔이니 너무 비싸다.

여행을 마무리한 손님에겐 90도 각도로 예의를 갖추는 모습이 눈에 들어온다.

점포에 들어서면 손님을 향해 반가움을 표시함이 우리의 모습인데 일본은 어느 점포도 한국인 입장객에게 상냥함을 전해주지 않고 상담에 적극적이지 않음에 많은 의아심을 가져본다.

골목길을 돌다 보니 개인은 넉넉지 못함이 사는 집 모습에서 눈에 보인다.

소규모의 집 모습이다.

국가의 부는 느껴지지만, 개인 생활은 크게 여유로워 보이진 않는다.

규모있는 일식집에 들어섰으나, 주문된 메뉴 외엔 계산되지 않으면 어떤 것도 제공하지를 않는다.

간장만 예외다.

(왜간장이 유일한 조미료)

낯선 음식문화이지만 이미 들어서 이해되는 그런 내용이다.

김치쪼각 된장1점도 계산에서 예외가 없다.

1인분에 1,700엔 정도이니 우리나라가 살기 좋은 나라다.

얼마나 푸짐한가 비교된다.

광주에서 온 자유여행객 부부와 함께 움직이며 고향의 구수한 말씨에 젖어 들며 앞서가는 노년의 삶에 많이 다가간다.

젊은 차림으로 자유여행을 만끽하는 여행의 강자 모습이 눈에 들어오더니 나보다 손위라니 한참 어안이 벙벙했다.

승선하여 밤 11시까지 아쉬움을 달래느라 노래방 댄스파티를 여러 번 더듬었더니, 21,402보 16.46km 742kc 엄청난 활동을 보인 오늘이 많이 피곤하다.

내일은 아오모리에 입항한다.

배의 움직임도 이따금 느껴진다.

아오모리 항

아오모리 항이 아침 식사시간에 크루즈선 코스타 좌측으로 눈앞에 나타난다.

햇살을 머금은 아침 바다와 어우러진 저 멀리 높은 산엔 하얀 눈이 보인다.

낯설은 일본 풍경에 어리둥절함을 느낀다.

항구의 뒤편으로 어제의 오타루 항보다 규모가 훨씬 커 보이는 도시가 눈에 보인다.

아름다운 항구도시 아오모리 항이다.

아오모리시에 들어서니 해변에 우뚝 솟은 대형백화점이 눈에 띈다.

아오모리 백화점 14층 건물이다.

점포를 둘러보고 2층 공연장에서 잠시 쉬었다가 13층 전망대에 이른다.

바다 쪽으로 멋진 풍경을 카메라에 담았더니 입장료를 받는 장소란다.

다시 내려서서 뒤편 바다정원을 걷는다.

요리조리 너무 아름답고 공기 맑은 쉼터가 맘에 든다.

걸어서 아오모리 공원에 들른다.

시내 복판에 한 블록을 평면형 공원을 조성하여 겹사꾸라 분홍벚꽃이 한창 피어나는 시기다.

90 가까운 고운 할머니가 공원에서 쓰레기를 치우신다. 점심으로 라면을 먹어보고자 한참을 돌고 돌아 마땅한 곳을 못 찾고 다시 아오모리 백화점 1층에서 면으로 식사를 때우고 나니 휴…. 먹는 것이 이렇게 힘이 든다니.

모든물가가 상상을 초월한 일본은 우리로선 살기 힘든 그런 국가이다.

아오모리 여객항을 끼고돌며 바다를 바라보며 크루즈선 코스타 세레나가 정박한 곳까지 운동 삼아 걸었더니 19,460보 14.62km 752kc 진행하고 크루즈선에 승선했다.

쇼프로그램 관람코자 신청했더니 23시가 넘어서야 한다니 그 시간 전에 노래방으로 댄스 파티장으로 돌고 돌아 테너 가수가 목청을 높여 열창하는 곳에서 맨 앞자리를 잡는다.

열창하는 테너 가수와 곁들여 함께하는 남녀 무희의 환상적인 몸매에 넋을 놓는다.

쭉 빠진 여성 무희와 근육질의 체력 남이 서커스 수준의 연기로 관중들을 숨 가쁘게 몰아간다.

테너 가수가 댄스파트너로 선정된 여성 관중 2명에게 가슴속에 숨겨온 꽃송이 선물을 바치는 멋진 쇼맨십에 관중들이 박수갈채로 응답한다.

오늘의 유료 쇼 글래머 존에 요금납부의 차별화된 좌석 배치에 빈부의 격차랄까…?
야릇한 소외감을 느낀다.
4:7로 구성된 남녀 무희들의 어둠 속 율동에 큰 매력을 느끼며 쫙 빠진 몸매며 엉덩이의 곡선미에 눈알이 빠져든다.
광적인 음향과 레이저 광선은…. 어쩐지 그렇다.

코스타세레나 크루즈 여행의 마지막 날

환송 행사가 5층 지오베 대극장에서 오후에 진행된다니 많은 인파와 자리다툼이 예상된다.

검푸른 바다를 배 뒤쪽에서 멀리멀리 내려다보며 여행의 아쉬움을 달래기 시작한다.

내일이면 부산항에 도착하니 지금의 항로는 아오모리에서 부산 쪽으로 진행 중이겠지만 바닷물 외의 어떤 모습도 눈에 안 보이니 익숙해진 세레나 선상에서 여기저기를 눈요기하며 즐거움을 나누면 된다.

5층 카지노엔 게임 등에 많은 인파가 즐기는 모습이 눈에 보이고 면세점 화장품코너 및 각종 상품코너엔 여성들이 줄을 이어 흥정하는 그렇게 좋아 보이지 않는 모습이 계속된다.

손톱에 매니큐어 짙게 그리고 일하지 않고 누리며 사는듯한 숱한 여성 고객이 그랜드 카지노 주 고객으로 앗싸 오케이를 연발하며 수없이 많은 동전을 꽂아 넣는다.

앗싸...히히.

언감생심이라 난 촌놈이라선지 매장을 눈팅만하며 지난다.

여행객을 살펴보니 중년을 넘어선 나이 지긋한 연배

들이며 여성 여행객이 70%를 넘어선다.

할머니 할아버지 된 노인을 다 큰 자식들이 모신 아름다운 모습도 이따금 눈에 보이나 부부간의 여행이거나 여자들 단체여행이 주 여행객으로….

여성 천국 한국의 모습이 어디를 가나 펼쳐진다.

대전에서 관광버스 4대 광주에서 5대 부산에서 14대가 탑승했다니 수도권과 기타지역 48대 총 71대의 관광버스가 출동했고 자유여행 일부를 제외한 대부분 관광객이 러시아에서 하루 일본에서 이틀간 버스로 번호표 팻말을 든 가이드와 70여 대의 현지 차량의 안내로 크루즈여행의 맛을 만끽한 거 같다.

3층 메인홀에서 댄스파티를 즐기며 계단에 기대어 흥에 겨운 몸짓으로 손뼉 치며 흔들어 기분을 느끼기도 하고, 신나 콘서트를 오후 시간에 맞는다.

신지와 나상도가 함께하는 신나 콘서트….

세상에서 가장 즐거운 여행 하면 크루즈여행 우주여행을 빼고는 인간이 즐길 수 있는 최상의 여행이라는 멋진 멘트를 날리는 나상도가 달리 보인다.

국내에서 제법 인기 있는 코요테의 신지가 김종민과 떨어져서 싱글로 활동도하고 그룹으로도 활동한다며 히트곡을 불러가더니 메들리로 남행열차 아파트 등 신나는 곡으로 마무리 짓는다.

비행기로 아오모리공항에 도착하여 크루즈선에
승선하여 2박 3일을 여행객과 일정을 나누는
모습이다.
인형처럼 이쁜 모습이 21년 차 가수라니….
39살이라며 애교 멘트 날리며 관중을 휘어잡는
연예인다운 멋진 가수다.
코스타 세레나에서의 뮤지컬 공연에 마지막 밤을 불
사르며 환호와 박수로 마감한다.

크루즈세레나에서 하선하는 날

새벽 2시까지 여행용 가방을 객실 밖으로 내어두면 하선하면서 찾으면 된다.

하선절차는 그룹별로 색상을 달리하여 시차별로 진행한다.

크루즈여행 요금체계는 객실의 위치에 따라 크게 차이를 둔 것 같다.

150만 원에서 800만 원까지 바다의 조망 및 침실의 조건이 가격을 결정하는듯하며 특식의 여부는 확인되지를 않으나 초특급 VIP 손님이 존재함을 느낄 수가…. 있다.

아쉬움을 달래려 선상을 비롯한 여기저기를 둘러보고 점심을 마치면서 객실을 비워주는 그 순간까지 코스타 세레나를 느낀다.

마지막 조로 부산항에 하선하면 부산역에서 열차에 오르면 여행을 종료하니….

아쉬움을 달래고자 12층 선상으로 오른다.

바람에 날리는 머리카락에 선글라스로 단장을 하고 옷깃을 잡으며 여기저기 다시 돌아본다.

많은 인파가 일광욕을 즐기듯 드러누워 분위기 잡는 모습이 보인다.

선두로 향하니 닫혀있는 공간에 VIP 손님이 즐기는 휴게실이 존재하고 선미에는 가장 위층에 양옆으로 환상적인 바다 풍경이 보이는 카사노바라는 특수 살롱이 모양 좋은 쉼터로 자리한다.

한 잔의 술을 나누고 싶은 그곳을 이용 못 한 것이 아주 아쉽다.

빈 탁자에 자리 잡고 사진만 찰칵…. 혼자서 분위기를 잡아본다.

어느새 부산항 부두가 보이고 우리 땅 한국이 눈에 들어온다.

크루즈여행이 마감되는 시점에 이른다.

너무 즐겁고 뜻있는 그런 여행이었다.

많이 웃고 즐기고 흔들기도 제법 한 거 같다.

부산역에서 기차기다리는 시간에 초밥집에 들러 오랜만에 한식으로 포근함을 느껴본다.

''생일 축하까지 했다.''

베트남 다낭(2019.4.11.)

호텔에 도착하니 현지시각으로 새벽 2시.
가이드의 짧은 안내로 객실브리핑을 대신하고 배정
호수로 들어가 습한 공기에 전 몸을 간단히 씻고
이내 잠자리에 들었다.
에어컨 바람을 잡아야만 감기를 피할듯하여 스위치
를 끄고 바로 잠들었다.
모닝콜에 새벽 일찍 눈뜨자마자 베트남식 뷔페에서
많은 종류의 음식이 차려졌지만 내 혀를 맞춰내기가
어려움을 느낀다.
최신식 호텔로 단장한 다낭의 풍경은 한국인의 독무
대다.
요리조리 꾸며 입은 한국인…. 특히 여성들 그 모습
에 우리가 이래도 되는가?
국민성이 걱정되기도….
오늘의 일정이 어떻게 돌아갈지…. 자못 궁금하다.
반바지에 반소매로 더위를 피해 본다만 32도를 웃도
는 날씨에 80% 습도를 이겨낼 수 있을는지…?

멋진 성모상

베트남에서 천주교가 시작된 곳은 다낭이다.
시내 한복판에 추기경이 탄생한 다낭 성당을 방문하는 영광을 갖는다.
성모님을 모시는 토굴형태의 멋진 성모상도 눈에 띄고 석상을 깎아 세운 주변 경관이 매우 아름답다.
불교를 통합한 절터의 종합관도 시내 복판에서 보았고 종교가 한꺼번에 어울린 종합판인 거 같다고 가이드 선생이 안내했지만….
분명히 불교의 절터임이 확실하다.
그 후 오행산을 향해 절벽을 걸어 오른다.
동굴도 있고 석굴 터널도 있고 아름다운 풍경도 이어진다.
너무 멋있는 산세를 보며 힘든 산행 이겨볼 만하다 느낀다.
여기저기 부처님상이 보이고 와 모습의 누운 보살도 눈에 띄지만 어수선한 모습이 눈에 거슬리기도 하지만 오늘의 움직임 중 보람찬 자연 모습에 후련함을 간직한다.

둘레배 여행

다낭 하면 여행코스로 당연시되는 둘레배 여행이 꼽힌다.

둥근 바구니 모양의 대나무배에 손님2 운행자 1명이 타고 수십 척씩 떼를 지어 노랫가락에 맞춰가며 흥겹게 노는 멋진 놀이 여행 시간이다.

한국인 손님이 대부분이라서 흥겨운 가락도 요즘 유행하는 우리 노래 ''뽕이고 등 수십 곡''이 마이크를 통해 울려 퍼지며 흔들어대며 요란한 춤사위가 거의 1시간을 광란 속으로 몰아넣는다.

팁이 쏟아지는 그 순간을 현지 젊은이들이 재주껏 만들어가는 연예인 공연공간으로 머리에 남는다.

기원전 2세기부터 자리 잡은 도자기 마을에서 도예인들의 엄청난 재주와 도자기를 구경하고 12간지의 자기띠를 선물로 받아들었다.

목선에 탑승하여 20여 분을 거슬러 오르며 흥겹게 노래와 춤을 거들먹거리다 보니, 호이안에 도착한다.

유네스코 문화유산으로 등록된 호이안에서 1세기 전에 건설된 일본교를 건너며 중국인들이 일구어놓은 엄청난 상권 현황을 눈으로 바라본다.

바나산 국립공원

1500고지에 3라인의 케이블카를 돌려서 진행하는 관광코스다.

오스트레일리아 기술진이 시설한 대형 케이블카 유람장으로 엄청난 관광 인파가 몰려 들고 있고 한때는 세계 최장의 기네스북 케이블카 기록인증도 받았으나 지금은 세계 4위권이라고 안내멘트를 가이드가 날린다.

오르며 내리며 울창한 숲속에 감춰진 대형폭포며 정글의 모습을 살피며 열대성 수목의 찝찝한 산속을 느껴본다.

월남전 때 저런 숲속이 전쟁터였다면…. 찾아낼 수가 있었을까?

월남전에 차출되고도 포기했던 과거가 새삼 기억에 되살아난다.

케이블카를 타고 5km 정도를 오르니 이동하는 도로를 골든 브릿지(황금 다리)로 건설해두었고 대형조각으로 손목을 받쳐 든 형태로 포항 앞바다 간절목 모습이 연상된다.

산정상 1500고지엔 계속 공사가 진행 중이고 그 높은 곳에 공사 자재를 옮기는 화물차량이 구불구불한 위험 코스를 곡예 운행하는 모습이 계속 눈에 띈다. 저기를 어떻게 만들었으며 그 높은 곳에 엄청난 건축물들이 지어져 관광자원으로 개발된 대단한 모습에 혀를 내두를 수밖에 없다.

요셉 성당이 중심부 광장 주변에 자리하고 있고 엄청난 규모로 성당을 짓고 있는 모습이 바나산에 케이블카 관광차 들리는 가톨릭 신자들의 미사 장소로 크게 발전할성싶다.

계단을 따라 바나산 정상까지 계속 걷다 보니 대리석으로 깎아 세운 부처님상을…. 많이 본다.

불교국가의 명성에 걸맞게 바나산 정상은 불교사원을 돌고 도는 여행코스의 백미다.

인도양이 내려다보이는 멋진 곳에 영웅사란 대형사찰도 돌아본다.

원숭이가 뛰노는 모습도 눈에 띄고 대리석으로 바닥을 깔아둔 곳에 분재가 즐비하고 하얀 부처님상이 인도양을 내려다보며 자비로운 미소로 바닷사람의 안위를 돌보고 있는 듯…. 생각된다.

야간에 한강? 유람선에 탑승하고 무희들과 멋진 모습도 연출해보며 여행의 마지막 시간을 즐겨보았다. 바구니 배로 흥을 느꼈던 어제의 내 모습이 아직도 머리를 맴돈다.

4대륙 세계여행(2019.2.27)

비행기로 3일 배로 하루 버스로 9일간 아시아대륙을 넘어 중동으로 유럽대륙을 훑으며 아프리카를 넘나드는 멋진 여행을 진행한다.

두바이에서 멋지게 꾸며가는 새로운 시대를 느끼고 사막에 물을 끌어 세상살이를 준비하는 부잣집 모습을 보았다.

유럽 쪽은 옛날 옛적부터 선조들이 종교 전쟁하며 이루어놓은 가톨릭 문화유산으로 남긴 여러 곳의 벽화 조각 미술품 웅장한 성당건물이 눈에 띄게 우릴 끌어냈다.

무어인들이 히잡을 둘러쓰고 모하메드 하산 등이 통일된 왕조로 김일성 일가나 거의 같은 휘두르는 그 모습에 세상은 불공평하다 느끼고 또 느낀다.

버스투어로 장시간을 부대끼며 휴게소에 멈추면 붙들어 잡고 다리 꼬아 조이며 뜀박질하는 아름다운 모습에 웃지 않을 수가 없다.

흥정에 서툴고 외환 계산이 어두워 먹고 싶은 과일을 봉투에 담아 무작정 계산대로 다가섰더니 사과3 오랜지3 모두 6개가 우리 돈 1200원이다.

10유로로 부족하리란 내 짐작은 1유로로 결론이다.

여행용 가방 밀고 가방 메고 핸드백 앞에 차고 누군
가를 따라 종종걸음으로 움직이며 고단한 나날 속에
친구들 간 웃음 속에 기쁨이 넘치고 자랑스럽지 못
한 노인 모습의 나를 여기저기 아름다운 풍경 속에
담아내느라 핸드폰 공간이 부족하단 멘트다.
딸 손에 곁들인 두 엄마 멋쟁이, 엄마 손에 붙들린
중학생 한 가족, 부부가 손 붙들고 늙음을 아쉬워하
는 다섯 가족,
세종에서 불편한 몸에도 여행을 감행한 한 명….
가발로 날마다 눈길을 끄는 사진광 한 명,
가발 여자 곁에 룸메이트 나이 지긋한 한 여인,
남녀로 따로 보이지 않는 그래서 많은 여행객이 너무
나 궁금해하는 순수한 어린 시절 우리 친구 다섯 명.
물티슈로 서로 손을 마주치는 여행 단짝 우리와 여
기저기 끼어들어 말 나누기를 시도하는 하얀색 머리
의 최고령 누나.
내 머리 색과 흡사하여 나와 부부로 착각하는 웃음
속에 이번 여행객 25명은 통성명 없이 마무리하러
바르셀로나로 달려간다.
음료수도 알코올도 입은 당기지만 ''아세오''(화장실)
찾는 힘든 나날로 꾹 참는다.
하루 남은 여행을 마무리하러 움직인다.

말라가주 네르하

땅끝에서 툭 튀어나온 지중해변 명승지.
휴양지로서 주변 경관이 너무도 멋진 곳이다.
높디높은 멋진 절벽 지상 최대의 멋진 곳으로 언덕
위의 그 집은 휴양지의 궁전이다.

태양열 흡입을 온몸으로 실현하기 위해 지중해변 모
래밭에 나신의 아름다운 남녀가 하늘을 향해 몸을
다스린다.

야자수 고목 밑 그늘로 감싸준 곳 촬영배경으로
너무 멋지다.

아스라이 저 멀리 수평선만 뻗친 종점 바다 저 멀리
엔 육지가 멈춰있다.

바다와 하늘이 맞닿은 곳 수평선엔 하늘 도화지에
구름 낀 모습이 한 폭의 추상화다.

말라가주 네르하 넌 너무 멋진 곳이구나.

살라 말리코!(안녕하세요)

아프리카 땅을 밟는다.

배를 타고 지중해를 건너 땅끝에서 모로코에 도착한다.

스페인에서의 아름다운 여러 모습에서 벗어나 우리 나라의 6~70년대 모습의 나라에 들어선다.

긴 나라라 버스투어로 한참을 내려서야 카사블랑카에 임한다.

지중해를 벗어나 대서양이 보이는 곳에 목적지에 도착한다.

두건 쓰는 민족 히잡이 줄을 이어주는 이슬람의 나라다.

신호등이 없다.

탕해루란 도시 인구가 100만 명의 큰 도시다.

카사블랑카에서 탕해루로 경제권이 모여든다.

왕국이고 1956년 독립 60년에 수교 된 나라다.

수도 라바트

100만 인구에 신도시로 변모되어가고 있고 모하메드 5세와 하산 2세 삼촌이 넓은 광장을 품고 근위병의 호위 속에 누워있는 모습이 김일성 김정은의 태양궁전을 연상케 한다.

3천 5백만 인구로 우리의 4배이고 지중해와 대서양

꼭짓점이 있고 아틀라스산맥이 위치한다.

베르베르족이 원주민이고 수산업 전진기지이고 태권
도 사범이 입국한 백인 국가이다.

불어 아랍어 베르베르어를 쓰고 있다.

모로코

멀리 보인다.
파란 바다에서 물결을 일으켜 세우며 하얀 파도로
명품 대서양을 우리에게 제공한다.
길게 늘어선 모랫길과 언덕 위에 바다를 바라보며
모양새 잡은 하얀 집 그 집이 너무 부럽다.

대서양을 맞잡고 하늘에 피어오른 멋진 산맥 그 모
습은 검은 구름 이어짐이라.
초원을 한참 지나 치고 올라오는 하얀 파도.
모래턱에 부딪히며 얼마나 힘들꼬.
모로코인 당신들은 좋겠다.

너희들은….
조상을 잘 만나 모로코에서 살 수 있으니 쓰나미만
없다면 멀리 바다를 느끼고….

행복의 극점에서 인생을 누릴 거 같다.

몬세라트

산을 이르는 몬 톱날을 연상하는 모습의 산 세라트.
몬세라트 정상 주변 720m에 검은 성모님이 계신다
는 베네딕토 수도원.
몬세라트 베네딕토수도원에서 성호경 그으며 잠시
묵상한다.
울컥 용솟음치는 가톨릭 신자의 내 마음을 나는 느
낀다.
많은 현지인의 미사 중에 잠시 참여한 묵상이었지만
영원히 잊을 수 없는 나만의 시간이었다.
엄청 큰 성수 통에 내 손을 담근 후 성호경으로 마
음을 씻었고 몬세라트 베네딕토 수도원 미사 라인에
잠시 참여한 자랑스럽고 멋진 ''마태오''
너만의 오늘이다.
저 높이의 산속에 수도원이 지어지고 모서리 없는
둥근 바위가 수도원 배경으로 지상 최대의 멋진 곳
아슬아슬한 고갯길로 버스 타며 올라서니 오금이 저
리는 그런 산이 몬세라트 지형이다.
아래로 보이는 멋진 산자락은 어떻게 표현할 수가
없다.
여기저기 둘러보며 모진 곳 없는 바윗덩어리 그 산

몬세라트산을 뒤로하고 케이블카에 몸을 실으니 내
려오며 쳐다본 둥글게 둥근 그 산이 너무나도 또 아
름답다.
인간이 표현해내기엔 서툴 수밖에…. 없다.

몬주익 언덕

황영조가 떠오른다.

마지막 스퍼트로 언덕에서 추월한 그 장면의 언덕이다.

경기도에서 부담했다는 황영조의 달리는 영상이 돌벽에 새겨진 체 올림픽 경기장 정면 몬주익 언덕을 마라토너 황영조가 영원히 차지했다.

부산항을 연상케 하는 바르셀로나 항구 바다를 바라보며 콜럼버스 동상이 먼바다를 가리킨다.

지중해를 바라보고 자기의 고국 이탈리아를 손짓한다고 가이드가 안내한다.

스페인 전성시대를 끌어낸 이사벨 여왕, 페르난도 콜럼버스는 스페인의 영원한 영웅으로 각인된 듯도 하다.

톱날 모양의 몬세라트 아슬아슬한 고갯길에 올라서니 둥글고 부드러운 아름다운 바위산 기슭 720m 지점에 검은 성모님이 모셔진 아름다운 베네딕토 수도원이 자리한다.

가톨릭 신자들의 끊임없는 방문 관광으로 길바닥에 가득 찬 검은 선글라스로 길이 꽉 차는 모습이다.

천재 건축가 가우디가 기획 설계하고 신축자금을 기부한 가우디 성당.

가우디 사후 100년째인 2040년에 준공을 목표로 웅장한 모습으로 공사가 진행 중이다.

18개 탑 중 8개가 완성되었고 예수님 탑은 170m까지 높이로 제작 될 거란다.

철저한 검색 속에 내 외부를 살피는 큰 영광을…. 느낀다.

가우디가 20년 살았다는 구엘 공원의 멋진 산책로도 기억에 생생히 남는 멋진 모습이다.

엄청난 부호 구일이 전 재산을 기부하여 가우디를 통해 자연 친화적으로 건축물을 세우고 단장한 공원으로 국가에 기부한 관광코스의 명승지다.

바르셀로나는 가우디다.

모든 것이 가우디로 모인다.

모든 유산이 가우디로 통하고 지하 주차장을 최초로 시도했고 철근을 건축자재로 시도한 가우디는 시골 출신이지만 세계적인 건축가로 길이 남는다.

Part 7

걸으면서 생각하기

국내 여행기

설악산

가을 단풍은 금강산에 결코 뒤지지 않는 곳.
단풍이 절정을 이루는 10월 중순인 23일에 여행사를 통해, 아주 싼 실비가격으로 멋진 여행을 즐긴다.
오색 약수터에서 시작한 성국사 주변 계곡을 따라 주전골 명품 단풍에 홀딱 빠져든다.
어느 하나도 놓치기 싫은 노랑 빨강 주홍의 형형색색 아름다운 단풍에, 주변 경관에 어우러진 기기묘묘한 바윗돌이 돌 사이 사이로, 소나무 자락까지 멋지게 늘어뜨리며 맑고 깨끗한 물 자락을, 햇빛에 번쩍이며 빛을 보여간다.
울긋불긋 이쁜 옷차림과 선글라스로 멋 부리며 가을 떠남을 아쉬워하는 많은 여인네가 집단을 이룬다.
평일에 쉬는 여자 단풍관광에 모여드니 90%는 여자들이다.
설악산의 가을 단풍에 완전히 주눅 든 모습의 외국인들을 바라보며, 아름다운 가을 설악산, 단풍든 이쁜 모습에 흠뻑 빠진 내가 된다.
살기 좋은 우리나라 여자들 천국인 나라,
관광의 뿌리는 해외나 국내 어디에서도 여인네들이 줄기를 잡는다.

남도 지방 I

8월에 들어서자 남도 지방을 돌고 도는 여행을 다녀
왔다.
뜨거운 복더위를 몸으로 느끼며 친구들과 어울리니,
더위쯤이, 우리의 어울림을 막아서지 못한다.
아주 편한 한곳에 짐을 내려놓고 차량에서 북적거리
며, 에어컨 바람에 시원함을 이어가면서 세상살이
모든 거는 모두 젖혀두고 오직 즐거움만 느끼기로
마음먹었다.
천관산 지리산 조계산 등 남도 지방 명산에 계곡은
모두 우리 몫이었다.
돌 틈으로 흘러내린 맑고 깨끗한 그 물속에 발가락
꼼지락이며 시원함을 느껴본다.
웃어가며 쉬면서 매일매일 숲길을 걷다 보니 운동량
은 사는 곳에서의 걸음마를 훨씬 초과까지 해냈다.
장천재 화엄사 선암사를 둘러보며 좋은 곳에는 유명
한 사찰이 자리함도 머리에 넣어본다.
남도의 맛집에서, 바지락, 하모, 한우 육회 바다 냄
새를 풍기는 전어로 내 몸뚱이가 많이 불어났으니,
배고픔을 참아가는 다이어트가 필요할 듯하다.

남도 지방 Ⅱ

어제 시작된 우리만의 남도 여행, 즐거움과 기쁨이 온몸을 흐른다.

승용차 자리가 비좁고 길을 잘 못 들어 유턴해서 움직일지라도 윗트넘치게, 운전하는 나를 위로도 해주고 박자 맞춰 노랫가락에, 상체를 흔들며 우리만의 흥에 빠져들기도 해준다.

압록 유원지로 내려서니 어지러운 천막 속에 보트 대여하는 장사꾼들만 득세할 뿐 주변 경관이 실망스럽고 기차 움직임만 눈에 보일 뿐 휴양지로의 분위기가 별로였다.

연기암까지 힘차게 걸어가는 중, 귓전을 때리며 물결치며 흘러내리는 계곡 물속에 바위를 헤집고, 양말 벗고 내려서니 여기가 천국이다.

장소를 옮겨서 순천 선암사로 숲길을 헤쳐가며 물 흐르는 계곡을 또 찾아든다.

물에 발을 담가두면 온몸은 언제였냐는 둥 그냥 시원하게 변해간다.

아쉬움을 더 달래고자 해수녹차탕으로 몸을 담근다. 개운한 몸으로 먹을 장소를 더듬고 오늘을 마치면, 우리 남도 여행은 마무리된다.

충북 음성 축산물 도매시장

서울에서 40분 마장동에서 성업하던 소를 도살하던 곳이, 음성 삼성면으로 이전하면서 부산물 시장도 옮겨왔다.
한마디로 없는 것 빼고는, 무엇이건 구할 수 있는 도소매 시장이다.

겨울답지 않게 비는 부슬부슬 내리고, 바깥출입이 불편하여 황소 머리를 삶는다.

동네 경로당에 많은 노인이 모여든다.
소머리 곰탕은 차후에 여러 번 우려낼 듯, 오늘은 부위별로 소고기를 맛본다.

싫지 않은 고기 맛에 쐐주도 들이키며 즐거운 오늘을 지내는 것 같다.

사는 곳에서 반시간이면 도착하는 곳 전국에 공급하는 축산물 시장이….
내 주변에 상주한다.

삼길포

물이 온다. 바다가 온다.
밀고 올라서니 밀물이다.
대산항을 곁에 두고 삼길포를 즐긴다.
모여드는 인파 속에 내 차를 세워두기가 너무나 힘들구나.
있다. 없다. 힘들다고 외치지만, 토요일에 몰린 인파 헤아리기 힘든 차량, 차 대기가 너무 어렵다.
자연산 놀래미가 내 혀를 감아주는 삼길포 별천지에 김치며 깻잎 들고 자리 잡아 앉았으니, 어느 뉘가 부럽겠는가?
쫄깃쫄깃 즐거운 맛 이것이 놀래미다.
바위를 짚어가며 밀물을 피해서니 오늘이 즐겁도다.
너무나 행복하다.
이러다가 100살이 내 앞에 올까 싶다.
먹다 지친 놀래미가 끝장을 보고 나니, 게는 언제 먹냐? 집에 가서 끓여야 한다.
즐거운 오늘이 나를 너무 행복하게 시간을 잡는구나.
술에 취해 운전대를 곁 사람에 넘겨주니, 쐐주 2병이 나 혼자의 몫이구나.

소두머니!!

용이 받쳐 들고 일어선 곳 문백 은탄리 은탄교 위쪽에 명품 강줄기가 흐른다.
미호천 상류로 백로가 줄지어 고기 잡고, 주변 강줄기를 굽어보며 외제 차를 주차하고 여유로운 인생을 사는 외지인이 자리 잡아서 나를 부럽게 하는 모습이 보인다.
운동길을 새로 개발하여 초평쪽 산에 올라서며 은여울 오솔길을 가름하는 곳 찾아 나선 오늘이다.

이쪽 산 저쪽 산을 길 찾아 올라서니 조선 시대에 벼슬 지낸 분들 산에서 쉬고 있는 그곳이다.
조상들 묘역을 강이 내려다 보이는 곳에 아름답게 모시고 있음은 집안이 융성했던 거 같다.

걷고 오르고 산길로 강가로 계속 움직였더니, 오늘도 13,090보 11.25km 하루의 일과를 넘기게 된다.

불멍에 들러 앉아 갈치를 구웠더니 저녁에 모닥불 쬐며, 별미를 느낀다.
세상은 좋은 세상 누리는 자의 것이로다.

서해

오늘은 서해 쪽 바다로 나들이하러 다녀온다.

삼길포를 거쳐 홍성 보령 쪽 바닷가를 돌아보며 먹거리 좋은 여기저기에서 분위기 살피며 보냈다.

놀래미가 금어기라 광어와 우럭으로 아쉬움을 달래고 고소한 회, 회덮밥에 매운탕까지, 흡족하게 담았더니, 오전에 시작된 두 가족의 하루 나들이 병천 순댓집에서 마감한다.

넓고 깊은 바다 가운데, 굴단지를 조성한 곳이 천북 굴단지다.

굴에 관한 어떤 것도 점포마다 가득 쌓여 한 번쯤 바다 구경차 나들이해도 좋을듯하다.

싱싱하긴 하지만 가격에선…. 통영보다 크게, 차별화 되지 못함이…. 아주 아쉽다.

서해 쪽으로 달리면서 엄청난 숫자로 하늘을 가로지르는 청둥오리를 목격한다.

수천 마리 오리 떼가 서쪽에서 동쪽으로 대이동을 하고 있다.

철새의 움직임, 하늘이 온통 검은점으로 변한다.

머리를 비우고 바다를 바라보며 오늘을 지내보니 짠내나는 바다 쪽도 이따금 접해야 함을 느낀다.

성화등대

바닷물이 부딪히는 곳.
바위가 명품으로 바다를 맞이하는 곳.
쑥섬의 성화등대가 올려다보이는 그곳이다.
강물이 돌아서 유유히 흐르는 곳.
미호천 상류에 겨울에도 훈김이 솟아나는 곳.
상산 팔경 중 우담제월의 주변 언덕에 이런 명품이 위치한다.
내가 사는 그곳이다.
물과는 거리가 먼, 은여울산 중턱 오솔길 매일 매일을 발바닥으로 뭉개고 걸어간다.
건강을 지키려 빠지지 않고 운동하는 곳.
산보객이 없더니, 오늘은 여자분 5명을 오솔길에서 인사 나눈다.
많이 변해가는 모습이다.
어떻게 어떤 곳에서 뭣을 하며 살 것인가를 늘 생각하며 살아야만, 준비하는 삶이 만들어진다.
도토리 주우며 밤을 까며 사는 인생이, 하찮은 것 같아도 용감하지 않으면, 아무나 만들 수 있는 삶이 아니리라.
서울 나들이에 힘든 하루를 넘기고, 넓은 곳에서 사

는 사람과 깊은 속말도 나눠보면서, 늦은 밤에 찾아
드는 곳.
산속에 너무 조용한 캄캄한 그곳,
달과 별이 땅을 밝혀주는 그런 촌집에, 내 몸을 지
켜가며 조용히 산다.

애도 쑥섬

가을꽃이 여기저기에서 아름다운 모습을 보인다.
코스모스 맨드라미 봄에 피는 민들레까지, 보인다.
주렁주렁 달린 풋사과 등, 계절이 짙게 익어가는
가을 모습이 들판의 누런 벼모습과 한데 어우러진다.
오창 들판을 가로질러 서울 나들이 차 오근장역에
이른다.
여행을 즐기는 그 모임에 이따금 모습을 보이자니
겸연쩍기도 하다만, 존재는 알려야 좋은 곳 갈 때
끼워준다니 성의를 다해야 하는 깊은 마음은 품고
있다.
서울이라도 나들이하면 하루가 모두 소요되는 시
골살이 애달픔이 있다.
하루를 비우지 않으면 어떤 행사나 모임도 불가하
니, 큰맘 먹고 움직이든지 포기하지 않으면 시골 생
활을, 길게 이어가기가…?
인간 세상 사는 것처럼 느끼자면 좋은 것 어설픈 것
나쁜 것 모두를 품어야만 사람으로 보인다.
바다가 푸르고 닿은 하늘도 푸르고, 고흥 나로도 해
안에서 작은 배로 옮겨타니 고작 4분 되니 하선이다.
멋지게 보이는 게 발톱 지붕이 눈을 땅기는 애도(

艾島) 쑥섬이 보인다.

무인 판매기에서 물을 사 들고 가파르게 숲길을 걷는다.

후박나무 육박나무 동백나무가, 산자락에 즐비하고 숨 가쁘게 올라서니 천혜의 아름다운 바다 경치가 눈에 들어온다.

돌바닥에 언덕길을 거칠게 올라서 산봉우리 정상이 83m 최고봉이란다.

해상 쪽으로 하얀 등대가 태양열로 가동되며 철계단을 수직으로 내려서니 철썩철썩 파도가 때리는 나폴리 항구보다 더 멋있다는 적벽의 풍경이 내 눈을 휘둥글게 한다.

밑바닥 좋은 자리엔 낚시꾼들이 갯바위 하느라 관광객에게 자리를 내어주지 않는다.

2시간을 걷고 구경하고 작은 배 쑥섬호를 타고 나로도에 이르니, 어판장 수협이 넓게 자리하고 1시 반에도 어시장 경매가 진행된다.

꽃게 민어 삼치 하모 문어가 값싸고 모두 자연산이란다. 방어가 내 키의 반 정도 대형인데도 값이 너무나 허름하고 싱싱해서….

엄청난 물량을 확보하고 회 게 등 고루먹고 움직이는 걸 내일로 정한다.

천사대교

1004개의 섬 천사대교를 달리고 돌아왔다.
다리의 전장이 7km, 바다 위의 다리로 천 네 개의
섬과 연결된다는 그 다리를 오늘 눈으로 보고 차량
으로 달려봤다.

윙복1차선의 넓지않은 다리지만 1시간 넘는 뱃길을
10분 내로 갈 수 있는 편리한 천사대교를 현지에서
보며 느껴보고 우리의 국력을 다시 느껴본다.
대단하다.

다리 외의 멋진 곳이 신안에서는 눈에 보이지 않음
에 다소 서운함을 금할 수 없다.

목포로 되돌아 나와 먹거리를 찾아야 함에 목포와
묶어서 여행해야 함도 계산…. 한다.

오르락내리락하는 그런 모습의 사장교로 높이 100여
m의 축 4개가 받쳐 들고 있다.
기막힌 다리다.

교동도

바다에 둘러싸이면 섬이다.
섬을 가기 위해선 뱃길이던 시절을 기억할 수밖에 없었던 시절에 살았는데….
지금은 섬과 섬 사이에 다리를 띄운다.
섬이 육지로 변하고 생활환경이 뒤집힌다.
연산이 귀양살이한 교동도와 미네랄 해수온천으로 유명한 관광지로 둔갑한 석모도가 몇 년 사이에 육지로 변해버려 교동도에는 대륭시장에 40년 전 우리 모습이 그대로 재현되어 수많은 관광 인파가 밀물 듯이 몰려들고 눈썹바위와 보문사가 위치하고 남녀 구분 없이 노천탕을 즐기는 미네랄 해수온천이 석모도의 자랑거리로 둔갑하여 명물 관광지역으로 강화도가 자리 잡는다.
동막해수욕장엔 엄청난 펜션이 해변을 장악하고 아름다운 바다 전경과 낙조의 명물 지역임을 간판에 표시된 낙조 및 해넘이 간판으로 여기저기에서 느낀다.
강화도가 이렇게 크고 생활환경이 내륙의 어디에도 뒤처지지 않음을 느낀다.
많이 움직였더니 본 것도 많고 새긴 것도 많다만 힘에 부친 오늘이다.

포천시 아트벨리

돌 캐던 자리를 쉼터로 가꿔두니 많은 인파가 여행
삼아 몰려든다.
돌벽이 우뚝 서 있고 계곡이 명품으로 둔갑하여있고
계단 없이 비스듬한 길목을 따라 열심히 걸었더니
운동도 되고 코스를 넘으니 수심이 제법 깊은 파란
물줄기의 연못이 포토존으로 한몫한다.

이동 갈비의 맛을 느끼려 정원 이동 갈비에서 갈비
구워 늦은 점심 입맛 다시며 몰려든 인파에 우리나
라 잘사는구나 크게 느낀다.
와글와글 맛 찾아온 많은 인파에 깜짝…. 놀랜다.

허브 아일랜드에서 꾸며놓은 놀이시설물에 잠깐 어
리둥절했지만, 허브농원에서 식물 향에 허브의 진가
를 느끼고 재인 폭포에서 깊은 계곡을 느껴보고 한
탄강 강물이 흐르는 목 좋은 곳에서 오늘을 마무리
하며 내일을 약속한다.

삼탄이라 하는 곳

소나무 여울, 따개비 여울, 광천소 여울(灘) 3개가 더해져서 삼탄(三灘)이라는 곳.
기암절벽이 솟아있고 돌벽을 타고 남한강 물줄기가 흐르는 곳.
기차역이 절벽에 붙어있고 절벽에서 내려다보니 물줄기가 계속 흐른다.
역전 의자에 앉아 숨 쉬어보니 여기가 명품 쉼터이고 나들이 하기 좋은 곳이구나 생각된다.
삼탄 유원지를 향해 계속 걷다 보니 낚시꾼들이 수없이 출조하여 쏘가리 꺽지 등 고급스러운 고기를 잡아서 매운탕으로 끓여 먹는다고 슈퍼에서 자랑한다.
쏘가리 싱싱한 거는 주문해야 먹을 수 있고 가격이 예상대로 상당히 비싸다.
주말에는 서울 성당이나 교회에서 기차를 통째로 끌고 와서 체육시설에서 쉬어가곤 한단다.
천을 따라 데크길이 설치된다면 더없는 유원지가 될 듯한데 걷다 보니 다소 어설프다.
무궁화 열차에 조용히 몸을 싣고 맑은 공기를 따라 충주 삼탄역까지 오늘을 가로지른다.

서천 국립 생태 공원

마을 잔칫날 격년으로 여행가는 시골 마을 행삿날이다.
서천 바닷가에서 회 먹기 전 서천 국립 생태 공원을
들렀다.
노루 사슴 산양이 넓은 들판에서 자연과 함께 뛰어
노는 멋진 모습을 넋을 놓고 구경했다.

상당히 넓은 면적에 아쿠아리움 어린이 놀이터 전기
로 운행되는 전동차가 눈길을 끌었고 주차장에 늘어
선 많은 차량을 보며 놀기좋은 우리나라 돈 쓰기 좋
은 주변 모습에 없다는 말 모두가 헛소리로 들리는
현실을 남에게 돌릴 수만은 없겠다고 생각해본다.

차에서 뛰고 많은 걸 먹고 주위 사람들과 얘기 나누
고 시골 생활의 다정함에 눈길을 주는 데는 남녀가
따로일 수 없음을 크게 느껴본다.

''이장님 고생하셨습니다''

천호성지!!

전주교구 봉동에 위치한 성스러운 성지다.
103위 성인 중 4분이 모셔져 있고 부활 성당으로 교중미사도 드리며 특전 미사며 주변의 교우들을 모시고 매일 미사도 볼 수 있는 장소도 준비되어 있다.
수십 년 전부터 운영되던 공소도 한옥으로 보존되어 연구하는 많은 이들이 다녀간다.

요한 바오로 2세 교황님께서 축성하신 천주교 박물관이 천주교에 관련된 제반 내용을 열람 가능케 준비되어 있으며, 성지를 둘러보는 교인들을 보듬는 멋진 식당과 대숲길 품안길 십자가의 길로 다양한 모습을 갖추고 뒷동산에는 편백숲 속에서 야외미사를 집전하며 도시락을 가져온 순례객 중 일부는 편백 야외 숲에서 소풍을 즐기기도 한다.
주변에 백제 예술대학교가 산모퉁이를 보듬고 있는 멋진 곳이다.
교인이 아니더라도 뜻있고 평화롭고 멋진 이곳을 방문해보시라.
후회하지 않을 것입니다
나만 좋아하는 건가…?

화방사

가냘프게 울리는 풍경 소리 대 초롱에서 똑똑 떨어지는 음료수 고이는 소리 화방산 정상 주변에 자리 잡은 화방사 절에서 내 귀에 들리는 그런 소리다.

오늘도 걷는다 하고 시제 모시는 시간 전에 화방산 정상을 향해 오르막길을 걸어서 올라섰다.

주변에 진달래가 즐비하고 개 복숭아며 개나리 기타 낯선 꽃들이 소나무 사이에서 멋지게 자리 잡고 피고 있다.

오르막길 나무 위로는 아름다운 하늘이 흰 구름과 어울려 시원한 맛을 전해온다.

바람 소리 요란하고 손가락이 차가와도 걷는 경사도가 땀방울을 전달한다. 내 등 짝에….

엄청 급한 오르막길이다.

60년전 화방사에 오를 때는 기어서 네발로 오른 기억이 머리에 생생하다만 시멘트로 포장한 요즘 오르막길은 차량이 오르고 내릴 만큼 넓고 단단하다.

이 절에서 공부하여 일류대로 고시로 진행했던 친구들도 있었는데….

넌 뭣하노라 그런 도전도 못 한 거냐?

생각이 좀 더 깨었더라면 해낼 수도….

장흥 남산

서울 중앙에, 장흥 탐진강 언저리에, 애국가 2절에,
남산(南山)이 있다.
벚꽃이 만발한 어제 장흥 남산을 수년 만에 방문
억불산 사자산 제암산 자락을 눈에 새기며 토요시장
주변을 카메라에 담는다.
하늘을 향해 멀뚝한 내 모습도 산책 중인 고향 사람
이 찰칵…. 폼 잡게 한다.
고향은 정 있는 곳 마음이 차분해지는 곳 세월이 나
를 그렇게 인식시키나 보다.
동백이 피어나고 고목으로 변해버린 그 나무에서 벚
꽃이 꽃바람을 일으킨다,
사람을 모으는 장흥 남산 많은 사람의 휴식처 서울
남산을 부러워 않으리라.
둘레길 계단길 데크길로 여기저기 단장해두고 문학
산책 안내표지가 문인의 고향 예술의 고향으로 내
고향을 머리에 새겨둔다.
비탈진 계단 길을 아스라이 내려다보며 탐진강 푸른
물을 주변과 섞어본다.
고향 떠나온 지 세월로 55년 많은 시간이 흘러갔구
나….

금곡사

금곡사로 가는 길 강진 군동에서 작천으로 가파른 고갯길에 10여km가 벚꽃이 만개했다.

군에서 축제를 해대며 울리는 노랫가락이 여기저기 요란하고 승용차가 길옆으로 길게 늘어섰다.

벚꽃이 피었지만 아직은 시작점이라 사뭇 붉은빛을 뿜어댄다.

며칠 더 기다리면 하얀색으로 길을 덮고 신선한 꽃내음이 진동할성싶다.

금곡사를 처음 방문 사찰 주변을 살펴보니 기암괴석으로 주변을 둘러대니 그 멋이 어디에서도 못 본 멋진 모습이다.

진달래가 바위에 낀 체 이쁜 색을 뿜어대고 절 뒤쪽으로 산행길이 거의 4km. 걷는 것이 일과이니 그냥 길을 따랐더니 끝없이 이어진다.

땀방울을 닦아대며 뒤돌아 내려서고 다음 기회에 이곳을 방문해보리라.

축제 장소 주변으로 벚꽃길을 만끽하며 오늘을 정리한다.

가는 곳마다 봐야 할 것 먹어야 할 것 너무나 많다.

힘이 있을 때…. 사는 것처럼.

금강 상류

물이 일렁인다.
대청호 바로 아래 금강 상류는 상수원으로 수량이
많다.
바람이 불어오니 물결이 하얗게 솟아오르고 물결 따
라 오리들이 재주를 넘는다.
뒷바람으로 내 등을 밀어주니 걷기도 쉬워진다.
일정 간격으로 데크도로변에 설치된 인켈 스피커는
걷는 이의 발걸음을 한결 가볍게 흥을 돋워가며 노
랫가락이 울려 퍼진다.
남자와 여자가 손을 잡고 가까이서 걷는 모습을 혼
자서 살펴본다.
나라를 움직이는 건 남자라지만 가정을 쥐고 흔드는
건 아무래도 여자로 보인다.
여자가 끄는 대로 속삭이는 대로 세월을 끌어감이
눈에 보이고 나이 들어 힘에 부치면 그 정도가 여자
쪽으로 기울어감을 더더욱 크게 느낀다.
씀씀이 하며 놀이문화 하며 여행하는 모습들을 지켜
보노라면 세상은 여자들 세상이다.
음식점에 테이블도 카페나 빵집에 좌석도 둘러치는
모습이 여자들로 채워진다.

다산초당

남쪽 끝 강진만변 다산초당이 자리한 곳 그 옆에 백
련사가 바다를 내려다보며 동백을 앞세운다.
초봄부터 힘을 준 듯 떨어지며 피어나고 어마어마한
동백꽃 숲이 새소리마저 잡아낸다.
보이지 않는 많은 새가 소리만 내며 동백에 앉은 듯
나무 사이로 재빠른 다람쥐만 힘차게 움직인다.
아름다운 새들은 몸뚱이를 감추지만 신선하게 재잘
대며 오는 손님 반기는구나!
스님 사리가 모셔진 곳 여러 곳의 부도에는 많은 동
전이 내 인생을 담보한 듯 상당 금액이 보인다.
뭔가에 의지하는 인간의 심리가….
비틀어진 동백나무 몸통 병들어서 힘든 것인지 세월
을 말하는지 내 눈에는 명물이고 산줄기를 버텨가는
멋진 작품으로 간직된다.
오랜 세월 동백밭으로 그 숲 규모 또한 국내에선 제
일갈 듯….
맑은 공기 쏘이면서 내려오는 길섶마다 관광객이 쌓
여간다. 사진기에 꽃을 담는 카메라를 들쳐메고….
할 일 마치고 살짝 들린 백련사 너무 좋은 관광코스
해마다 들렀다 온다.

축하의 글 I : 노년의 꿈인 전원생활의 체험기

고혈압 당뇨로 근무 중 쓰러져 진천으로 내려와 사신지 20여 년, 지금은 나이가 그만큼 많아지셨는데도 건강을 잘 유지하고 계신다.

지금도 매일 만 보 걷기를 실행하면서 생활 주변의 이런저런 생각들을 글로 메모하고 이것들을 모아 책으로 펴낸 것이 벌써 6권째이다.

어린 시절 극빈한 가정환경에서 자라 누구보다 더 힘든 학창시절을 보냈음에도 불구하고 2남 1녀의 자녀들을 훌륭하게 키워 13명의 남부럽지 않은 가족을 이루시고 세종시와 진천을 오가며 전원생활을 하고 계신다.

평소 근검절약하면서도, 젊은 시절 말 술로 다져진 흥취감은 지금도 가끔 여전히 즐기고 계시니 이 또한 건강 유지에 보탬이 되는 것도 같다.

기록하는 것이 습관이 되어 전원생활의 면면을 그림 그리듯 써 내려간 글들이라,

나이 들어 로망(Romang)으로 하고 싶은 전원생활을 간접 체험해 볼 좋은 기회가 될 수 있는 책이라 생각되어 많이 읽히기를 소망해 봅니다.

동생 오장원

축하의 글Ⅱ : 풍류 시인 아버지의 여섯 번째 책

한 사람의 삶의 모습을 매일매일 기록하는 일기.
그 매일의 일기 속에 아버지의 추억. 오늘 그리고
미래에 관한 이야기들이 담겨있습니다.
매일 스스로 건강을 지키시려 운동을 하시며 자연
을 묘사하고, 더불어 사는 가족과 지인들의 삶도 함
께 아버지의 일기 속에 남겨지고 있습니다.
나의 자취를, 내가 살아간 모습을, 내 고뇌와 기쁨
과 염려를 조용히 묵묵하게 이야기해주고 계시는
아버지의 글들을 보며 지금 아버지와 다른 나잇대
의 삶을 살아가는 나를 다시 돌아보게 됩니다.
'낙엽이 너무나도 아름다운 가을' 속에서 글의 페이
지마다 그 안에 담겨있는 아버지의 현재를 나의 오
늘과 함께 떠올려보는 즐거움이 참 좋았습니다.
감성 가득한 풍류 시인 아버지의 여섯 번째 책 출간
을 너무나 축하드리며, 제 가슴에 감성을 다시 피어
오르게 해주시는 모든 글에 축하와 감사를 드립니다.
아버지 멋져요! 사랑합니다.
늘 지금처럼 건강하고 행복하세요.

딸 오은영

편집자의 글 : 삶에서 교훈을 얻는 시간

위담 오석원 시인은 30여 년의 국세 공직생활을 통해 치밀함과 성실함이 몸에 배어 있는 분입니다. 귀거래 해서도 하루도 거르지 않고 자연 속에서 걸으며 인생을 생각하고 고향과 친구, 가족과 사회를 묵상했습니다. 도시에서 기관차처럼 계속 달리다가는 언제 폭발할지 모르는 몸 때문에 명예퇴직의 선택을 하고 생거진천에 터를 닦은 뒤 건강을 챙기며 은퇴한 시골 노인으로 살게 된 것입니다.

쇠락해지는 기억의 끈을 놓지 않으려고 쓰기 시작한 카카오 스토리의 글이 그날의 시(詩)가 되고 일기(日記)가 되고 수필(隨筆)이 되었습니다.

걸으며 머리가 맑아지고 몸이 건강해지고 생각이 긍정적으로 되면서 인생을 보는 안목이 훨씬 넓어졌습니다. 친구가 좋고 고향이 좋고 이웃이 좋고 사람들과 어울려 국내외 여행을 하며 느낀 많은 것들을 풀어놓는 빼어난 글솜씨가 읽으면서 시간 가는 줄 모르게 만듭니다. 더 건강하고 더 활발히 글을 쓰며 사회에 선한 영향력을 남기기를 바라며 수필선 발간을 축하드립니다.

오태영 작가(진달래 출판사 대표)